꿈을 위한 두드림

꿈을 위한
두드림

초판 1쇄 인쇄_ 2016년 6월 25일 | **초판 1쇄 발행**_ 2016년 6월 30일
지은이_한움 | **엮은이**_박다운 | **펴낸이**_오광수 외 1인 | **펴낸곳**_꿈과희망
디자인 · 편집_김창숙, 윤영화 | **마케팅**_김진용
주소_서울시 용산구 백범로90길 74, 대우이안 오피스텔 103동 1005호
전화_02)2681-2832 | **팩스**_02)943-0935 | **출판등록**_제2016-000036호
E-mail_ jinsungok@empal.com
ISBN_978-89-94648-90-3 43810
※ 책 값은 뒤표지에 있습니다.
※ 새론북스는 도서출판 꿈과희망의 계열사입니다.

발로 뛰고 실전을 경험한 현장 보고서!!

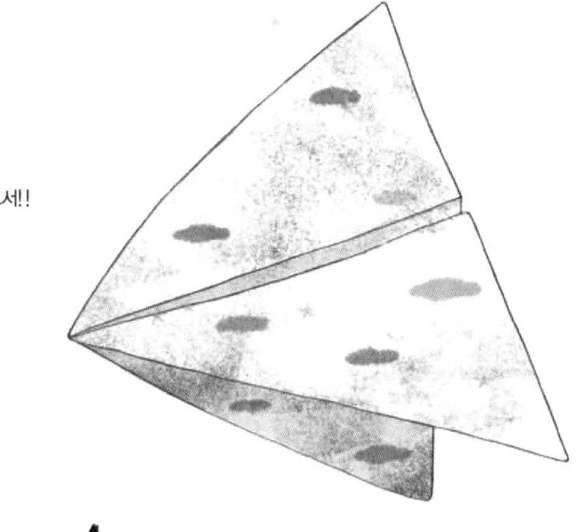

꿈을 위한 두드림

한움 지음 | 박다운 엮음

꿈과희망

머리말

누구든지 모두 저마다 하고 싶은 일을 맡아서 그것을 직업으로 삼아 즐겁게 일하며, 한편으로 운동이나 노래나 춤 같은 것, 글쓰기 같은 것은 그런 일 속에서 함께하면서 누구든지 즐길 수 있어야 한다. 곧 일과 놀이와 공부가 하나로 된 삶을 즐기도록 해야 한다는 것이다. 학교의 교육부터 그렇게 해야 한다.

– 〈이오덕 말꽃모음〉 중에서

저는 경제력이 대학입학률과 비례하고, 학력이 취업률과 비례하는 대한민국 현실에서 농어촌 인문계 고등학교 학생들을 가르치는 기간제 국어교사입니다. 아이들의 진학과 진로의 희망이 과연 아이들이 바라는 것인지, 세상이 원하는 것인지에 대해 늘 회의적이었습니다. 교실에 가둬둔 채 하루 빨리 꿈을 결정하라고 강요하는 교육 현실 속에서 아이들이 쫓기듯 꿈을 선택하는 것은 아닌지 고민한 끝에 진로별 학생 소논문쓰기 동아리 〈한움〉을 만들게 되었습니다. 그리고 그 결과를 우리와 같은 고민을 하는 친구들에게 공유하고자 교육부 지원 사업인 '학생 인문학 책쓰기'에 지원하였습니다.

2015년 1학기에 〈한움〉은 영광 청소년 상담센터 국형진 소장님의 도움을 받아 '다중지능검사'를 바탕으로 진로 상담 프로그램을 8주간 운영하였습니다. 이후 2학년 학생들은 여름 방학을 이용하여 자신의 적성과 흥미를 고려하여 관심학과 교수님을 만나 일대 일 인터뷰를 실시하거나, 직업 전문가와 인터뷰를 하였습니다. 3학년 학생들은 자신의 진로 분야의 학위 논문과 학술지 논문을 읽고 이를 바탕으로 가설 설정과 그에 대한 검증을 거쳐 자신만의 의견을 제시하는 학생소논문쓰기를 실시하였습니다. 2학기에는 자신의 인터뷰와 연구를 바탕으로 글쓰기를 실시하였고 책을 만들었으며, 이후 자신의 분야에 관련된 책을 구입하여 읽고 토론하는 시간을 가졌습니다.

서툰 선생과 그 제자들이 만들어 부족한 책이지만 이 책이 같은 현실에 있는 분들의 마음에 닿기를 바랍니다. 그리고 저녁마다 진로상담 프로그램을 운영해주신 국형진 선생님께 감사의 말씀을 드리며, 더불어 이 책이 잘 마무리되도록 도와주신 박현옥 선생님, 서은아 선생님께도 진심으로 감사드립니다. 앞으로 일과 놀이와 공부가 하나가 되는 삶이 가능하도록 노력하는 교사가 되겠습니다.

– 〈한움〉 지도교사 박다운

차례

01 교육

옳은 행동을 하고 남보다 먼저 모범을 보이는 것

– 순자

아이들에게 웃음과 희망을!!!

정지민

1. 목적

가. 직업에 대해 좀 더 자세히 알기를 목표로 한다.

나. 자기 진로에 대해 자신감과 확신을 얻기 위한 것을 목표로 한다.

다. 앞으로의 학습능력 향상을 목표로 한다.

2. 세부 활동 계획

가. 활동 기간 : 2015년 7월 17일

나. 활동 인원 : 1명

다. 방문 기관 : 경기도 평택시 엘토토 어린이집

라. 인터뷰 대상 : 윤선화 교사

3. 기대 효과

가. 직업에 대해 훨씬 더 구체적인 목표를 설정할 수 있는 계기가 될 것이다.

나. 진로를 향해 부진 학업성적 향상을 위해 열심히 노력하는 계기가 될 것이다.

다. 진로에 대해 다시 한 번 생각해 볼 수 있는 계기가 될 것이다.

4. 활동 후 결과 보고서

가. 인터뷰 내용

Q1. 어린이집 교사를 하고 싶었던 이유가 있었다면 무엇인가요?

A. 아는 분의 소개로 어린이집에서 취사부 일을 하다가 아이들을 예뻐하였고, 주변 선생님들이 추천해 주셔서 그랬던 것 같아요.

Q2. 근무 시간은 어느 정도인가요?

A. 9시간 근무를 해요.

Q3. 이 직업을 갖기 위해 어떤 노력을 하셨나요?

A. 1년 동안 공부하여 평생보육 국가자격증을 따놓고, 또 1년 동안 열심히 학원을 다니면서 공부하여 3급 자격증을 땄고요. 올해 2급 자격증도 땄어요.

Q4. 가장 힘든 때가 언제인가요?

A. 평가 인증할 때와 아이들이 안전사고 났을 때, 그리고 학부모님 상담할 때가 제일 힘든 것 같아요.

Q5. 직업에 대해 만족할 때가 언제인가요? 혹은 만족하지 못한다면 그 이유는 무엇인가요?

A. 여자로서 직업이 괜찮은데 라는 생각을 하게 되고, 아이들이 선생님이 좋아서 반가워 할 때 만족하는 것 같아요.

Q6. 이 직업을 희망하는 학생들에게 해주고 싶은 말이 있다면 무엇인가요?

A. 정말로 교육적으로 아이들에게 상호작용해 주며 항상 긍정적으로

대해 주고 사랑으로 가르치는 교사가 되기를 바라요.

어린 아이들과 놀아주고 있는 모습

나. 체험활동 소감문

나는 우리 지역의 가까운 곳으로 인터뷰를 하러 가지 못하여 우리 이모를 인터뷰 하게 되었다. 나는 유치원교사가 돼야지 라는 막연한 생각만 했지 어떠한 구체적인 목표를 가지고 있지 않았다. 우리가 직접 계획을 세우고 직접 방문하여 나의 직업에 대해 좀 더 자세히 알아간다는 것에 기분이 좋았다. 하지만 나는 혼자 따로 이모를 인터뷰해야 한다는 것이 조금 아쉽기도 했지만 그래도 나름 의미는 있었던 것 같다. 인터뷰 질문을 하고 나중에 그 질문에 대한 답을 들었을 때 가장 기억에 남았던 건 내가 유치원교사를 하고 싶은 이유와 이모가 유치원교사를 하게 된 계기가 똑같았기 때문이다. 가족이라지만 정말 신기했다.

마지막으로 다른 친구들이 이런 동아리에 가입해서 인터뷰할 기회가 생기면 꼭 그 기관에서 많은 것을 체험하고 느꼈으면 좋겠고, 이번 인터뷰를 했던 내 친구들과 내가 대학가서 꼭 그 진로선택을 후회하지 않고 열심히 공부했으면 좋겠다.

아이들은 자란다

꿈 인터뷰-유치원교사

오나리, 박소연

1. 목적

가. 유치원에 다니는 아이들의 모습을 관찰한다.

나. 유치원 교사를 직접 만나고 인터뷰를 한다.

2. 필요성

가. 평소 궁금했었던 유치원 교사에 대한 질문을 할 수 있다.

나. 유치원 교사라는 직업에 대해 보다 사실적으로 느낄 수 있다.

다. 유아교육과에 진학 전 실제 현장을 관찰할 수 있다.

3. 세부 활동 계획

가. 활동 인원 : 2명(오나리, 박소연)

나. 방문 기관 : 영광 유치원

다. 인터뷰 대상 : 영광 유치원 교사

라. 방문 일시 : 2015년 7월 20일 오후 2시

4. 기대 효과(활동 후 변화)

가. 생각 했던 것보다 훨씬 힘든 직업임을 알게 되었다.

나. 유치원 교사라는 직업에 대해 많은 매력을 느끼게 되었다.

다. 지금이라도 많은 노력이 필요하다는 것을 알게 되었다.

5. 활동 후 결과 보고서

가. 인터뷰 내용

Q1. 어떤 계기로 이 직업을 선택하게 됐나요?

A. 어릴 적부터 유치원 교사가 되는 게 꿈이었어요.

Q2. 전공과목이나 자격 요건은 어떻게 되나요?

A. 전공과목으로는 유아교육학 등이 있고, 유아 학교 졸업 후 정교사 자격증을 소지해야 해요.

Q3. 일을 하면서 보람을 느끼는 경우는 언제 인가요?

A. 아이들이 '선생님 최고!' 라고 말해 줄 때 가장 보람을 느껴요.

Q4. 이 일을 하면서 힘든 점은 무엇인가요?

A. 달마다 있는 여러 가지 행사 준비가 힘들어요.

Q5. 이 직업의 매력은 무엇이라고 생각하나요?

A. 깨끗하고 교사들 모두 아이들을 볼 때 동심이 생겨요.

Q6. 보수 및 만족도는 어느 정도 되나요?

A. 경력별로 달라요. 만족도는 보통이에요.

Q7. 이 직업을 준비하는 청소년에게 해주실 말씀이 있으신가요?

A. 임용고시 준비를 위해서 공부를 더 열심히 하세요.

나. 체험 사진

다. 체험활동 소감문

영광 유치원을 방문한 후 유치원 교사라는 직업에 많은 매력을 느끼게 되었다. 임용고시 준비와 정교사 자격증 소지 등 공부해야 할 생각에 막막하였지만 질문 중 일을 하면서 보람을 느끼는 경우가 아이들이 '선생님 최고!'라고 할 때라고 대답해 주셨다. 소소한 일상에서 보람을 느끼시는 걸 보고 '이 직업이 정말 매력이 있구나.'라고 생각이 들었다. 그리고 아이들을 바라볼 때 교사들도 동심이 생긴다는 말을 듣고 '어른이 되어도 아이들과 함께 지내면 어린마음으로 살 수 있겠다.'라고 느꼈다. 한시라도 빨리 '선생님 최고!'라는 말을 듣고 싶다.

중국, 차이나 어디까지 알고 있니?

조휘라

1. 목적

가. 대한민국이 아닌 다른 나라 중국에서의 교육문화를 경험함으로써 새로운 문화를 알리는 것을 목표로 한다.

나. 우리나라와 중국을 비교, 분석하며 새로운 정보를 얻고 장단점을 파악하는 것을 목표로 한다.

다. 진로탐방을 통해서 교육에 종사하는 것이 목표인 아이들에게 전달할 정보를 얻는 것을 목표로 한다.

2. 필요성

가. 다양하고 이색적인 직업의 종류가 있다는 걸 알려주기 위해서

나. '중국에는 이런 직업도 있네.' 라고 배운 것을 공유하기 위해서

3. 세부 활동 계획

가. 활동 기간 : 2015.07.27~2015.07.28

나. 활동 인원 : 1명

다. 방문 기관 : 한성학원

라. 인터뷰 대상 : 선생님

4. 기대 효과

가. 새로운 경험을 통해 중국이라는 나라에 대한 편견을 없애게 될 것이다.

나. 가르치는 일과 관련해서 우리가 생각하는 것 뿐 아니라 많은 방법이 있음을 깨닫게 될 것이다.

다. 현재 학생으로서 최선을 다해 미리 준비되어 있어야 선택의 폭이 넓고 기회가 주어졌을 때 실제로 할 수 있음을 알게 될 것이다.

심양의 중심 인터뷰 가기 전 떨리는 마음으로

KFC에서 인터뷰를 끝마치고 인증샷

5. 활동 후 결과 보고서

가. 인터뷰 내용

Q1. 하시는 주요 일은 무엇인가요?

A. 불가피한 사정으로 중·고등학교 정규과정을 수행하지 못한 학생들을 대상으로 가르치는 일을 하며, 정규 수업과정을 이수할 수 있도록 하는 도움 역할과 선생님 역할을 함께 맡고 있어요.

Q1. 이 직업을 위해 어떤 준비가 필요하나요?

A. 음. 우선 가장 현실적인 걸로는 대학교 졸업장이 필요해요.

Q1. 졸업장이 전부인가요?

A. 표면상에 보이는 것은 졸업장이 전부이지만 당연히 학생들을 가르치기 위해서 정규수업 내용을 기본적으로는 암기한다고 생각하면 되요.

Q1. 어떨 때 가장 만족하시나요?

A. 가르치는 학생들이 원했던 자격증을 땄을 때 솔직히 말하면 좋은 결과물이 눈앞에 있을 때 가장 만족하죠. 또 소규모로 이루어지다 보니까 가족 같은 분위기도 만들어지면서 한명 한명에 정이 가니까 친해졌구나, 라는 기분이 들 때 만족스러운 것 같아요.

Q1. 반대로 힘들 때는 언제인가요?

A. 아무래도 타지 생활이기 때문에 새로운 문화에 적응하는 게 힘들고 떨어져 있는 가족의 그리움! 같은 게 남아 있는 것 같아요. 일로 인해 겪는 감정적인 어려움은 아직까지는 없는 것 같은데……
ㅎㅎ

Q1. 선택하게 된 동기가 무엇인가요?

A. 첫 번째로는 실질적인 중국어 회화를 배울 수 있는 좋은 기회이고 더불어 가르치는 일을 통해서 나도 발전되고 일석이조의 효과이죠.

Q1. 무엇을 위주로 공부해야 할까요?

A. 앞에서 말한 것처럼 중·고등학생 정규과정과 검정고시 등이 기본적이고 딱히 이거 이거해라 정해진 건 없는데 제가 학생 때 공부했던 게 많은 도움이 된 것 같아요. 그 당시 했던 게 기억이 날까? 라는 생각이 들지만 나도 모르게 나오더라고요. 그래서 어떤 일을 할지 모르기 때문에 학생한테도 학생 때 공부할 수 있을 때 미리미리 해두라고 말하고 싶어요.

나. 중국 대련 탐방기

세계에서 가장 아름다운 KFC

금강산도 식후경! 간단히 점심을 해결하기 위해 들린 KFC. 중국에서는 컨더지라고도 한다. 하지만 대련 컨더지는 마치 유럽도시 한복판에 온 듯한 기분으로 나도 모르게 스피드를 어느새 분위기로 바꿔버리는 아름다운 건물 중 하나.

칼린카! 칼린카! 러시아 거리

중국에 가서 무슨 러시아거리? 라고 생각한다면 큰 오산이다. 대련에는 러시아거리 일본거리 등 세계적인 문화를 동시에 누릴 수 있도록 갖추어져 있어 한꺼번에 여러 경험을 할 수 있다.

기승 전 음식

'대련 맛집' 검색했을 때 많은 블로그에서 빠지지 않았던 곳의 음식

바로 아바시 카레이다.

치즈난 & 다양한 맛 카레의 만남!

너무 맛있어 음식이 1도 안 남을 정도였다.

음식을 먹으며 한국에서 이걸로 장사할까라는 생각이 들 정도로 대련하면 아바시 카레가 먼저 생각날 것 같다.

(예… 예… 저도 인정합니다. 닮았다고)

다. 체험활동 소감문

세계에는 다양한 이색 직업이 있다는 건 알고 있지만 여전히 내 사고에서는 가르치는 면에서 갖는 직업이 한정되어 있었다. 하지만 중국이라는 새로운 나라에서 새로운 직업을 경험해 보니 고정관념이 바뀌게 되었다. 인터뷰를 통해 새롭게 알게 된 직업이외에도 많은 것들을 보고 듣고 느낄 수 있었는데, 내가 있었던 곳은 우리나라 전체 면적과도 같은 지역이었지만 외곽이어서 오늘날 한국의 20년 전과도 같았다. 아니, 20년 전 환경이라고 어른들이 말씀해 주셨다.

내가 태어나기도 전이었던 20년 전 한국과도 같은 곳에서 가장 힘든 건 식당, 집, 공공장소, 어디든 개의치 않고 피우는 담배가 힘든 요소 중 하나였다. 하지만 이런 모습을 보니 한국도 몇 년 전만해도 식당에서 피웠던 담배가 어느새 흡연실이 생겼고, 지금은 대부분의 건물이 흡연금지가 된 것처럼 시간이 흐를수록 발전될 거라 생각한다.

또 적응이 필요한 일은 교통이었다. 그곳의 신호등은 의미가 없었다. 단지 빛을 내는 도구에 불과했다. 도로에는 자전거, 오토바이, 사람, 자동차 모두가 엉켜 지나가고 있었는데 신기하게도 사고는 나지 않는다고 한다. 한국은 좋은 도로 상황으로 차들의 속력이 빠르고 주위를 크게 신경 쓰지 않아 큰 사고가 발생하지만, 오히려 이곳은 큰 사고가 날만한 속도, 귀가 울릴 정도로 눌러대는 경적이 단점일지 모르지만 큰 사고는 나지 않는다는 장점이 있었다. 실제로 지내보니 훨씬 편했고 기다림이 없어 빨리 도착하는 듯한 느낌을 들게 했다.

마지막으로 좋았던 점은 쓰레기를 소각하기에 충분한 땅이 있기 때문에 분리수거는 하지 않아도 되는 그들만의 문화에 적응해갔다. 한편 한국에서 중국인들의 행동을 보며 매너가 없다고 한마디씩 내뱉었던 나의 모습이 떠오르며 알고 보니 그러한 행동이 그들의 문화였고 잘못된 것이 아님을 인지함과 동시에 우리가 당연시 여기던 행동들이 다른 이들의 눈을 통해 봤을 때에는 매너 없고 이해할 수 없는 행동이 될 수도 있음을 알게 되었다.

또한 기회는 준비된 자만이 차지한다는 말이 있듯이, 인터뷰를 통해서 우리가 아직 계획도 없고 꿈도 없을지 모르지만, 지금 학생으로서 최선을 다해 노력하면 진정으로 하고 싶은 일이 생길 때 그 앞을 가로막는 것이 성적이 되어서는 안 됨을 느끼며 다짐하게 되었다. 끝으로 우리가 상황이 되지 않아 당장은 할 수 없더라도 다른 이들의 문화를 경험하고 체험하는 일이 앞으로 새로운 환경에 직면해 헤쳐 나갈 때 좋은 밑거름이 될 수 있겠다는 생각을 하게 되었다.

영광군의 작은 학교를 살리기 위한 방안에 대한 연구

– 사례를 중심으로

영광고등학교 인문계열
3128 송병원
3511 조건은

| 차례 |

Ⅰ. 서론

1. 연구 동기

우리는 농어촌 지역 영광군에 초·중·고등학교를 재학하면서 영광군 내에서 여러 학교가 폐교되는 사례를 접했다. 저자 중 한 명이 졸업한 초등학교는 저자가 중학교 2학년 때 이미 폐교되었다. 그렇게 인구 감소로 인한 농어촌의 학교들이 죽어나가는 것은 저출산 시대에 접어들면서 불가피하고 당연한 처사인 줄 알았다. 그런데 1학년 당시 난장토론 대회의 주제가 농어촌 소학교 통폐합 찬반이었다. 그 당시 저자는 반대 측의 입장에서 토론에 임했는데, 자료 수집과정에서 통폐합 정책에 대한 문제의식을 갖게 되었다. 그리고 폐교 위기를 지역 공동체와 협력해 극복해 낸 영광군 묘량 중앙초등학교의 사례를 보면서 우리 지역의 다른 학교의 통폐합 문제도 극복할 수 있다는 확신을 얻었다. 그래서 '영광군 농어촌 소학교 살리기'라는 주제하에 통폐합 정책에 대한 문제점과 소학교만이 갖는 이점을 연구하여 농어촌 소학교를 지켜야 한다는 주장을 강화하고 이에 대한 방안을 연구해 보고 싶었다.

2. 연구의 배경 및 목적

현재 우리나라는 1980년대를 기점으로 급속한 도시화가 진행되면서 이촌향도로 인한 농어촌인구 감소가 심화돼 왔다. 이와 함께 농어촌의 학생들도 줄고 있다.

전남도교육청에 따르면 2014학년도 신학기 학급 가편성을 해본 결과 여수 거문초와 초도초, 보성 웅치초 등 본교 3개, 영광 백수초 백수동 분교장 등 분교 34개 등 모두 37개 학교에 신입생이 단 한 명도 없었다.

신입생 없는 초등학교(분교 포함)는 2010년 10곳에서 2011년 47곳, 2012년 45곳으로 급증했다가 2013년 38개, 올해 37개로 다소 줄긴 했으나 여전히 적지 않은 수치다. 전교생이 단 1명인 '나홀로 학교' 도 지난해 29개교에서 올해는 목포 서산초, 담양 남면초, 해남 현산남초 등 33개교로 4개교 늘었다. 본교는 11개교에서 7개교로 줄었으나 분교는 18개에서 26개로 크게 늘었다.

이러한 통폐합 정책에 대해 본 연구는 통폐합 정책의 부작용에 대해 심층적으로 고찰하고 나아가 소학교가 갖는 이점을 바탕으로 쓰러져가는 영광군의 농어촌 학교를 살리기 위한 방안을 탐구하는 데 목적이 있다.

3. 연구 문제

앞에서 제시한 연구의 목적을 달성하기 위해 다음과 같은 연구 문제를 설정하였다.

첫째. 농어촌 소학교 통폐합 정책의 문제점은 무엇인가?

둘째. 농어촌 소규모 학교가 갖는 의미와 이점은 무엇인가?

셋째. 사라져가는 영광군의 소규모 학교를 유지하기 위한 방안은 무엇인가?

4. 연구 제한점

본 연구는 다음과 같은 제한점을 갖는다.

첫째, 연구의 범위는 교육인적자원부에서 추진하는 소규모 학교 통폐합 정책 전반에 걸쳐 연구해야 하나, 세부적인 사례와 조사범위에 있어서는 교육여건상 소규모 학교 통폐합 정책과 밀접한 관련을 갖는 전라남도 지역에서 필자가 살고 있는 영광군으로 한정하였다.

둘째, 본 연구에서는 소규모 학교 통폐합 정책의 대상이 되는 초 · 중 고등학교 중에서 초등학교만을 그 대상으로 하였다. 초등학교 어린이들의 경우 통폐합으로 인한 장거리 통학이나 기숙사 생활이 적절하지 못하다. 본 연구의 배경이 되는 영광군에서 통폐합으로 사라진 학교 중·초등학교의 비율이 절대적으로 높기 때문에 통폐합 문제를 초등학교 위주로 접근했다.

셋째, 사례로 든 학교마다 그 지역의 사회문화적 특수성과 환경적 요인이 다르기 때문에 영광군 학교들에 무조건 적용된다고 할 수 없다.

Ⅱ. 농어촌 소학교 통폐합의 문제점

1. 통폐합에 대한 이해

1982년도부터 학생 수 감소에 따른 소규모 학교 증가로 정상적인 교육 과정 운영이 어렵고, 교육 재정 운영의 비효율화를 이유로 소규모 학교 통폐합이 일어나고 있다.

소규모 학교 통폐합의 유형은 본교 통폐합, 분교장 통폐합, 분교장 개편의 세 가지로 구분할 수 있다. 본교 통폐합은 두 학교 이상의 학교를 하나의 학교로 통합하여 운영하는 것을 의미한다. 분교장 통폐합은 1-3개의 분교를 하나의 본교로 통합하여 운영하는 것이고, 분교장 개편은 학교시설은 그대로 존속하고 교장, 교감 등 관리직 인원만을 감축하여 학교 운영 체계만 변경하는 것을 의미한다.

2. 현 전라남도 농어촌 소학교 통폐합 현황

〈표-1 전라남도 학교 수 변동 현황〉

	2003	2004	2005	2006	2007	2008	2009	2010	2011	2012	2013	2014
초등	460	457	455	456	453	453	437	433	429	427	426	424
중등	252	250	248	249	250	250	247	247	246	246	247	249
고등	150	150	149	151	152	153	154	154	156	157	153	148

표-1에서 학교 수 변동 현황을 보면 초등학교는 2003년 이후 지속적으로 감소하는 것을 볼 수 있다.

전라남도교육청 자료(2013)에 의하면 2013년 현재까지 초등학교 730개교, 중학교 43개교, 고등학교 9개교가 폐지되었다.

3. 통폐합의 문제점

3-1. 교육적 측면

(1) 학생 측면

어린 학생들이 하숙이나 자취를 하면서 교육을 받는다는 것은 부모의 관심과 보호를 필요로 하는 아동들에게는 정신적 부담이 될 것이다. 또한 통합학교 학생들 간에 적응하지 못하고 갈등이 나타나는 경우도 있고, 이것이 결석으로 이어지기도 한다. 또한 농어촌과 문화적 차이가 심한 중심지 학교로 통폐합이 되는 경우가 많아서 정서적 안정에 문제로 이어진다.

(2) 교사 측면

교사 측면에서는 교사 인력의 확충이 없는 상태에서 통폐합에 따른 더 많은 업무가 부과되기 때문에 교사들의 업무경감도 이루어지지 않고 있는 것으로 나타났다. 또한 학교를 경영하고자 하는 교사들의 꿈은 많은 학교의 통폐합으로 인하여 직장과 자리가 없어져 좌절한다. 즉, 소규모 학교의 통폐합은 교원의 승진 지체를 가져와 교장, 교감의 승진 기회를 축소하여 교원의 사기를 떨어뜨린다.

3-2. 사회문화적 측면

소규모 통폐합에 있어서 가장 큰 장애요인은 지역주민과 동창들의 반대이다. 반대 이유는 지역 문화 구심점의 상실, 외부와의 단절로 인한 소외감 발생과 젊은 농민의 이농 촉진이다. 소규모 학교는 지역사회의 자긍심으로서의 역할 뿐만 아니라 학교와 가정 간 비형식적 기밀한 유대감을 갖게 하고 가족적인 분위기에서 개별화 학습, 다 연령 집단구성도 가능하다. 이런 학교의 문을 닫는 것은 그렇지 않아도 도시에 비해 소외되고 있는 농어촌 주민들의 마음을 더욱 허전하게 한다.

3-3. 경제적인 측면

소규모 학교 통폐합 계획을 실행하는 큰 이유는 교육재정 운영을 효율화한다는 경제적인 이유이다. 그러나 신·증축 등 주변학교환경을 개선한 학교의 통폐합조치로 예산을 낭비하고 있다. 평창의 무이초교는 96년 2억 4천만 원을 들여 교사를 신축(보수)하였다. 현재 학생수가 20명으로 폐교가 확정되었다. 이 경우는 주변환경에 대한 잘못된 판단으로 추경예산까지 확보하여 신축을 했음에도 불구하고 2년 만에 폐교대상이 되었고, 화천 대봉초교는 88년 화천댐 수몰위기로 3억 원을 들여 2층 규모의 교사 1동을 신축하고 사택까지 이전 신축하였으나 23명의 학생이 있고 올해 폐교 대상학교다.

3-4. 법제적인 측면

소규모학교는 학교의 역사, 지역주민생활과의 관계, 통학거리 등을 따져볼 때 많은 경우 재학생들에게 최적의 학교이고, 그와 같은 경우 재학생들은 당해 학교에 계속 다님으로써 교육권, 학습권을 향유할 헌법상 권리가 있다. 이런 경우 예산절감 등의 이유만을 들어 자의적으로 해당학교를 통폐합할 경우 이는 위 헌법규정과 상충[1]될 소지가 있다.

---

1) 헌법 제31조 제1항 모든 국민은 능력에 따라 균등하게 교육을 받을 권리를 가진다.

Ⅲ. 농어촌에서 소규모 학교의 역할과 가치

1. 소규모 학교에 대한 이해

소규모 학교는 단위학교 내의 취학 아동과 학생 수가 감소하여 6학급 이하로 소규모화가 되면서 형성되고 있다. 소규모 학교의 발생원인은 다음과 같이 두 가지 측면에서 논의된다.

1-1. 교육 외적요인으로 농어촌 인구의 도시 집중화

농어촌 학교의 소규모화는 농어촌 인구의 감소에서 기인한다고 볼 수 있다. 실제로 통계청에서 발표한 내용을 보면 2000년대에 들어서 도시 인구는 80%에 이르고 있고 농가인구비율은 8%를 차지했고, 심지어 더 감소하고 있는 추세다. 이에 따른 취학인구의 감소가 곧 단위학교 학생 수와 단위학급 학생 수의 소규모화를 유발한다.

1-2. 교육 내적 요인으로 열악한 농어촌 교육

인구의 도시집중화가 지속적으로 이행되어 왔으며, 이에 따라 중요한 교육기관 역시 도시와 수도권 집중 현상을 보여 왔다. 이것은 학부모의 교육열을 충족시키지 못하게 되었고, 좋은 여건의 교육환경을 찾아 자녀들을 도시지역으로 전학시키거나, 상급학교 선택시 농어촌지역을 벗어나 도시지역 중 고등학교로 진학시키는 경우가 늘어나고 있는 것이다. 결국 도농간 격차가 심화되고 농어촌 인구감소로 이어져 악순환의 고리가 계속되고 있는 것이다. 이것은 열악한 교육환경이 농어촌 학교의 소규모화를 가속화시키는 요인 중의 하나라 할 수 있다.

2. 농어촌 소규모 학교가 갖는 이점

2-1. 이론적 고찰

첫째로, 학교가 소규모화되면 학생 상호간에 친밀성이 높아지고 개별학습이 가능해지는 등 긍정적인 면도 있다. 그러면 학습에 대한 학생들의 참여율이 높아지고, 그로 인해 성취도가 향상될 수 있다는 것이다. Tope R. E. 와 그의 동료들의 연구에 따르면(1924), 소규모학급(20명 이하)은 수업시간에 의견발표에 있어서 누구도 주저하지 않음에 비해 큰 학급(약 40명)에서는 최소 10명의 학생들이 자발적으로 발표하지 않았으며 영어 작문 수업에서도 소규모학급의 학생들은 큰 학급에 비해 시간적으로 학습활동을 더 많이 할 수 있었다고 한다. 이러한 소규모학급 학생들에게 주어지는 학습기회의 증대는 학생들의 학력을 향상시키는데 긍정적인 영향도 줄 수 있다는 것이다.

둘째로, 농촌의 작은 학교는 단순히 아동들에게 수업만 해주는 곳이 아니라 그 지역사회 아동의 생활공간이 되어 있으며, 지역주민의 중심체가 되어있다. 농촌학교의 운동회, 소풍, 졸업식, 입학식과 같은 행사는 단순히 학교만의 행사가 아니라 농촌 지역 전체의 행사이다. 이러한 행사를 통하여 지역사회 공동체 의식이 생기는 것이다.

2-2. 묘량 중앙초등학교의 사례

2005년부터 2009년까지 폐교위기였다가 농촌 복지를 실현하고자 하는 비영리단체인 여민동락과 협력하여 폐교위기를 극복한 묘량 중앙초등학교 사례가 있다. 그래서 실제로 묘량 중앙 초등학교에서 근무 중인 교감선생님이 생각하시는 농어촌 소학교의 장점을 인터뷰했다. 그 내용은 다음과 같다.

첫째, 개별화된 교육과 학생들에게 맞춤형 교육이 쉽다는 것이다. 묘량 중앙초등학교에서는 다른 학교에서 하지 않는 차별화된 수준 높은 방과 후 프로그램을 학생들과 학부모들이 원하는 것으로 실시하고 있다.

둘째, 선생과 학생 또는 학부모와 소통이 굉장히 빠르고 따라서 학생 요구나 학부모 요구를 학교 교육과정에 빠르게 대입할 수 있다. 실제로 묘량 중앙초등학교에는 학부모회가 짜임 있게 조직되어 있어서 학부모들이 정기적으로 만나 학교 교육에 대한 일을 추진한다. 그뿐 아니라 나름대로 교육이 가야 할 바람직한 방향에 대해 공부도 하며 교육과정이나 아동 심리 상담 공부도 많이 하면서 학교 교육에 대하여 바람직한 방향쪽으로 학교 측에 요구를 많이 하며 학교에서는 그 요구를 빠르게 처리한다.

3. 영광군 소규모 학교 유지 방안

농어촌 교육의 현실은 딱 한 가지로 요약된다. 학생이 없어서 학교가 문을 닫아야 한다는 것이다. 영광도 다르지 않다. 영광 지역의 소규모 학교 통폐합 문제를 해결하는 가장 근본적인 대책은 영광군을 지원하고 개발하여 인구를 증가시키는 것이다. 그러기 위해선 다음과 같은 노력이 요구된다.

첫째, 소규모 학교의 문제점을 극복하고 농어촌인 영광군만의 이점을 살려 지역사회와 함께 도시와 차별화된 교육 환경을 조성한다.

농어촌 소규모 학교는 학생 수가 적기 때문에 복식 수업을 하는 경우가 많아 현재 적용하고 있는 교육과정을 운영하기에 애로사항이 많다. 따라서 소규모 학교의 문제를 해결하기 위한 방법 중 하나는 우리나라 소규모 학교의 실정에 맞는 교육과정을 연구 개발하는 것이다.
영광군 학교는 도시의 학교와는 다르게 주변에 산, 들, 강, 바다 등 천혜의 자연환경을 끼고 있다. 인간은 자연을 통해서 지식을 습득하고 익혀온 것처럼, 학생들이 주변의 자연 환경을 체험하고 그 안에서 생활하는 것만으로도 많은 경험을 쌓게 할 수 있다. 또한 도시의 학교는 많은 학생 수가 움직이기 때문에 장소의 문제, 비용의 문제가 있어 힘들지만 시골은 학생 수가 적고, 서로가 연계되어 있는 주변 지역민의 특성상 학교가 상대적으로 도움을 받기 쉽다는 장점이 있다.[2]
이와 같은 농어촌의 환경을 반영하여 운영할 수 있는 교육과정의 개발과 농어촌 지역의 특수한 상황을 이해하고 그 장점을 이용하여 교육 여건을 개선할 수 있는 노력이 필요하다.
이러한 교육과정의 구체적인 방안은 지역사회와 학부모가 적극적으로 관심 및 참여를 이끌어내어 학교와 시너지 효과를 창출하는 것이 있다. 예를 들어 농수산업의 휴식기에 학부모를 위한 강좌를 열어 부모교육이나 재정교육과 같은 프로그램을 제공하여 학교행사에 참여할 수 있는 발판을 마련해 주거나, 특정 기술이 있는 학부모는 학교 방과후 강사로, 일정 자격이 있는 학부모는 도서관도우미, 조리원, 학교 근거리에 주거지를 둔 학부모는 학교 지킴이와 같은 직책을 맡는 것[3]이 그것이다.
사례로 우리 지역 묘량면 묘량중앙초의 경우 지역공동체와 학부모 학교간의 연결로 봄·여름·가을·겨울, 아이·학부모·지역민이 모여 '작은 콘서트'를 열고, 밤에는 별빛 달빛을 보며 아이와 함께 마을도서관에서 책을 읽는 등 도시와는 차별화된

2) 농산어촌 소규모학교통폐합의 대안 탐색(2013). 김은효 · 이용환
3) 농산어촌 소규모학교통폐합의 대안 탐색(2013). 김은효 · 이용환

학교 운영을 하고 있다. 이러한 방식으로 묘량 중앙초등학교는 서울, 광주, 영광읍 등에서 6명이 입학하고 2명이 전학을 와 학생 수가 23명으로 늘어나면서 폐교의 위기를 모면할 수 있었다. 학교와 가정, 지역사회가 함께하는 교육공동체 운영이 학교 교육의 신뢰 향상에 기여하였기 때문이다.

또한 지역사회, 학부모, 학교의 협력뿐만 아니라 농어촌만의 아름다운 자연 경관을 기반으로 삼아 체험 프로그램을 제공하는 방법도 있다.

경기도 화성초교의 경우 이 학교는 우리나라에서 가장 아름다운 학교로 선정된 학교다. 주변경관의 빼어남은 물론이고 작은 학교의 아름다움을 간직한 채 교사가 학교에 재직하기를 원할 만큼 환경조성이 잘된 학교라고 할 수 있다. 현재 학생 수 78명, 유치원 10여 명으로 총 88명이지만 앞으로 아름다운 학교로서 환경조성이 지속적으로 이루어질 경우 학생 수가 늘어날 전망이다. 이처럼 농어촌학교는 아니나 아름다운 주변 자연환경을 강점으로 학생 수 유입을 이뤄낸 사례다.

남해 성명초등학교는 '참(CHARM) 좋은 희망성명 별빛학교' 프로젝트를 추진해 토요일과 휴일, 방학 없이 연중 다양한 체험학습을 운영하면서 외부 학생들도 함께 참가할 수 있도록 개방했다. 2011년 전교생 32명에서 그 다음연도 2012년에는 60명으로 증가하는 등 소규모학교의 열악한 환경을 극복한 우수 사례로 손꼽히고 있다.

우리 지역 묘량군의 경우에서는 '나의 사랑 나의 고향 영광에 살고지고' 라는 주제로 이루어지고 있는 생태체험학습이 이루어지고 있다. 생태체험프로그램은 학교와 지역 실정을 고려하여 학생들의 직접적인 체험 활동이 이루어지도록 하며, 소요되는 모든 경비는 무료로 운영되고 있다.

이 활동을 통해 학생들은 환경생태 보전에 대한 관심도가 높아지는 교육적 효과를 얻는 동시에 생태 중심 체험활동의 좋은 모범을 보이고 있다.[4)]

이러한 사례들처럼 농어촌만의 체험 활동들을 교육과정에 편입시키고, 그를 위한 전문적인 교재 및 교사를 양성한다면 농어촌의 소규모 학교의 교육 경쟁력을 높이고 도시의 학부모들을 끌어 모으는 효과적인 유인책이 될 수 있다.

둘째, 농어촌 근무 교사의 처우와 근무환경을 개선한다. 국가와 지방자치 단체는 학습자가 평등하게 교육 받을 수 있도록 지역 간의 교원수급 등 교육여건 격차를 최소화하는 시책을 마련하여 시행해야 한다.

그러므로 농어촌에 근무하는 교사들의 임금 상향 등 혜택을 줌으로써 능력 있는 교사들이 농어촌에서 근무하고 싶도록 만들려는 노력이 필요하다. 또한 도시에서 장거리로 출근하는 교사들을 위해 관사 시설을 마련하거나 학교 주변에서 출퇴근 할 수 있도록 지원금을 지급하는 방식이 있다.

서귀포시의 경우 2015년 1월부터 해당 마을에 이주하는 초등학생을 포함한 도시민들에게 빈집을 정비할 수 있는 지원금을 줌으로써 도시민들의 귀농귀촌의 여건을 개선하고자 노력하고 있다.

이 정책에서 착안하여 이주민들에게만 지원하는 것이 아니라 농촌에서 근무하는 교사들에게도 지원 범위를 확대함으로써 장거리를 출퇴근하는 교사들의 불편을 감소시켜야 한다. 이런 방안들을 통해 수준 높은 교사들을 농어촌으로 끌어들이고 농

4) http://happylog.naver.com/ym3531141/post/PostView.nhn?bbsSeq=38183&artclNo=123460967061 여민동락노인복지센터

어촌 교육의 질을 향상하여 농어촌 학교로 전학하도록 촉진할 수 있다. 또한 교사들의 자녀와 함께 살 수 있는 주거를 제공하여 좋은 인재들도 데려올 수 있을 것으로 기대된다.

셋째, 농촌 산업 활성화와 고용창출을 통해 귀농귀촌을 장려하고 청·장년층의 인구를 농촌으로 끌어들인다. 미국의 경우, 1930년대의 저출산과 40~50년대 도시화를 거치며 꾸준히 감소해오던 농어촌의 인구가 80~90년대 이후 증가했다. 초기에는 노령층이 이주한 것과는 달리 최근에는 30~59세의 고학력 고소득층이 농어촌에 이주하고 있는데, 이러한 현상은 농어촌의 다양한 일자리와 교통 및 통신 서비스의 발달, 농어촌에 대한 인식 변화 때문이라고 분석된다. 청장년층이 농촌으로 유입된다는 것은 그들의 자녀의 유입을 이끈다. 청장년층이 그들의 자녀들과 농어촌에 정착할 수 있도록 위 두 번째 대안에서의 농어촌 빈집 정비와 같은 다양한 노력이 강구된다.

영광군의 경우 기업체 임직원 영광 주소 갖기 운동과 대마전기자동차산업단지 조성에 따른 일자리 창출, 영광원전 직원 거주지 이동, 신생아 양육비 지원 등의 정책을 사용했다. 또한 1박2일 일정으로 영광군 귀농·귀촌에 관심이 있는 서울 등 수도권 거주자를 모집하여 '영광군 도시민유치를 위한 귀농귀촌팸투어' 를 실시하는 등 도시민 귀농·귀촌 관련 지원책과 영광군 귀농귀촌인협회 회원들의 귀농·귀촌 정착과정 및 생활상을 함께 보며 공유하는 프로그램을 활성화하는 노력을 펼쳤다. 이러한 방안으로 영광군에 따르면 2013년 4월 말 영광 지역 인구는 5만7천534명으로 지난해 말 5만7천224명보다 310명이 증가했다.

〈 표-2 최근 10년간 영광군 인구 변동 현황 (단위 : 명[5])

구분	2003	2004	2005	2006	2007	2008	2009	2010	2011	2012	2013
인구수	64,148	62,959	61,500	60,045	58,837	58,075	57,037	57,362	56,863	57,224	57,534
증감	↓ 2,907	↓ 1,189	↓ 1,459	↓ 1,455	↓ 1,208	↓ 762	↓ 1,038	↓ 325	↓ 499	↑ 361	↑ 310

5) http://blog.naver.com/glory_yg?Redirect=Log&logNo=220204848870 영광군청 공식 블로그〉

4. 결론

정부는 농어촌 학령인구의 감소로 인해 재정적 효율성을 이유삼아 농어촌의 적정 규모 미달학교들을 통폐합시켜왔다. 이러한 정책은 학생 측면에서 폐교 학생들의 심리적 불안정, 교사 측면에서 교사의 승진 기회 축소 및 일자리 감소, 사회문화적 측면에서 지역 문화 구심점의 상실, 법률적 측면에서는 농어촌 학생들의 학습권 침해 등의 문제점이 있다. 따라서 '작은 것' 은 죽이고, '큰 것' 의 뱃집만 키우는 경제논리가 지배하는 통폐합 사업은 학생들의 많은 비판을 받고 있다.

반면 소규모 학교는 학생 상호간에 친밀성이 높아지고 학생 또는 학부모와 소통이 굉장히 빠름으로 학생 요구나 학부모 요구를 학교 교육과정에 빠르게 대입할 수 있다는 교육적 이점을 가졌다. 따라서 통폐합으로 사라져 가는 영광군의 작은 학교를 살리기 위해서는 묘량 중앙초등학교의 사례를 기반으로 농어촌인 영광군만의 이점을 살려 지역사회와 함께 도시와 차별화된 교육 환경을 조성하고, 군에서는 농촌 산업 활성화와 고용창출을 통해 귀농귀촌의 장려가 필요하며, 국가에서는 농어촌 근무 교사에 대한 처우를 개선해야 한다.

참고문헌

- 농산어촌 소규모학교통폐합의 대안 탐색 (2013). 김은효·이용환
- 농어촌 통폐합 학교의 학생복지 향상 방안에 관한 연구(2014). 한근수
- 농어촌 지역 소규모 초등학교 통폐합에 관한 연구(2007). 최성륜
- http://happylog.naver.com/ym3531141/post/PostView.nhn?bbsSeq=38183&artclNo=123460967061. 여민동락노인복지센터
- http://blog.naver.com/glory_yg?Redirect=Log&logNo=220204848870 영광군청 공식 블로그
- http://blog.daum.net/goodmymall/6530275 굿뉴스피플 블로그
- http://www.mediajeju.com/news/articleView.html?idxno=121148 미디어제주 2011.11.17.
- http://www.hakbumo.or.kr/bbs/zboard.php?id=info_text&page=13&sn1=&divpage=1&category=5&sn=off&ss=on&sc=on&select_arrange=headnum&desc=asc&no=818 작은 학교를 살리는 길-박인옥 _20010928

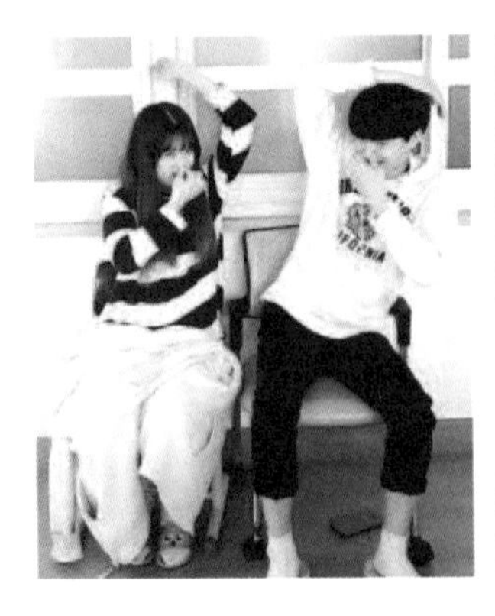

02 의료·보건

우리는 위대한 일을 할 수는 없습니다. 우리는 다만 위대한 사랑으로 작은 일을 할 수 있을 뿐입니다.

– 마더 테레사

꿈을 향해 한 발짝 나아가다

신수옥

1. 목적

가. 전문 교수님과 만나 인터뷰를 통해 간호학과에 대해 보다 더 자세하고 많은 정보를 배우는 것을 목표로 한다.

나. 나중에 내가 호남대학교를 다니게 될 일을 대비해서 다른 대학교 간호학과와는 어떤 부분이 다른지 파악하는 것을 목표로 한다.

다. 같이 협동해서 활동하는 것이기 때문에 협동심과 끈기, 책임감을 향상시키는 것을 목표로 한다.

2. 필요성

가. 전문 간호학과 교수님과의 인터뷰를 통해 몰랐거나 궁금했던 정보에 대한 답들을 정확히 알 수 있으므로 필요하다.

나. 내가 정한 진로가 적성에 맞는지 알아볼 때 필요하다.

3. 세부 활동 계획

가. 활동 기간: 7월 29일

나. 활동 인원: 2명

다. 방문 기관: 호남대학교

라. 인터뷰 대상: 간호학과 교수님

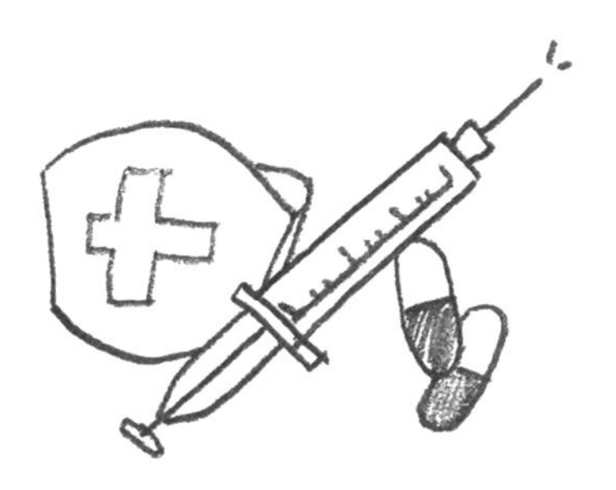

4. 기대 효과

가. 협동심과 책임감을 키울 수 있을 것이다.

나. 간호학과에 들어가기 위한 준비를 어떻게 해야 하는지 알 수 있을 것이다.

다. 간호사라는 직업에 대해 몰랐던 정보나 세밀한 것까지 알 수 있을 것이다.

라. 내가 되고 싶은 꿈이 간호사가 맞는지 알 수 있는 계기가 될 것이다.

5. 활동 후 결과 보고서

가. 인터뷰 내용

Q1. 간호학과에서 가르치는 교과는 무엇인가요?

A. 1학년 때는 의학용어, 인체해부학, 인체생리학, 간호학개론, 심리학 등을 배우고, 2학년 때는 성인간호학, 기본간호학, 여성학, 성인간호학입문 등을 배우고, 3학년 때는 간호관리학, 임상 의사결정의 기초, 임상 시뮬레이션 실습, 보건교육 실습 등을 배우고 4학년 때는 통합간호학 실습, 간호윤리, 간호연구 및 통계, 보완대체요법, 간호관리학 실습 등을 배웁니다.

Q2. 호남대 간호학과가 다른 대학에 비해 어떤 점이 경쟁력이 있나요?

A. 우선 전국의 어느 대학보다 시설이 잘 되어 있고 깔끔합니다. 교수님들이 다른 학교에 비해 학생들에 대한 열정이 많고, 학생들의 교수님들에 대한 만족도가 높아요. 그리고 간호학과가 실적이 좋아 지원을 많이 받고, 국가고시 100%, 그리고 대학병원이 없음에

도 불구하고 대형병원에 실습을 내보내고 체계적입니다. 졸업한 후 취업도 잘 되고 있습니다. 또한 간호교육인증평가를 받아 신뢰가 갑니다.

Q3. 호대간호학과를 졸업하면 대부분 어디로 취업하나요?

A. 전남대병원, 조선대병원, 서울안산병원, 부산대병원, 울산대병원 등에 취업합니다. 주로 대형병원으로 취업을 많이 해요.

Q4. 간호학과에 들어가기 위한 준비는 어떻게 해야 하나요?

A. 일단은 간호사가 되겠다는 꿈을 명확하게 가져야 해요. 간호사는 일단 적성에 맞아야 해요. 그리고 가장 중요한 것은 인성입니다. 또한 본인이 간호사가 되겠다고 하는 열정과 꿈으로 가득 차야 합니다. 간호학과가 취업만 잘 되는 게 아니라 보수도 높다보니까 학생들이 많이 오긴 하지만 공부를 많이 시키죠. 왜냐하면 인간을 대상으로 하기 때문에 처음에 실수나 잘못이 있으면 안 되고, 일단은 남을 배려할 줄 아는 마음이 있어야 합니다.

Q5. 자격증이나 면허증을 따야 하나요?

A. 우선은 면허증이 필요해요. 모든 보건계열학과는 자격증을 취득하게 됩니다. 자격과 면허는 다릅니다. 의료인이라고 하는 건 면허증을 가진 사람을 의료인이라고 해요. 그래서 의사, 약사, 간호사가 의료인입니다. 그리고 나머지 학과는 의료 지원직이에요. 그래서 간호사가 되기 위해서는 첫 번째로 해야 되는 게 간호대학을 졸업하고 간호사 국가고시를 보고 면허증을 따는 것이고 그 다음에 심폐소생술 자격증과 여러 가지 자격증을 취득합니다.

Q6. 간호학과 면접을 볼 때 어떤 학생을 주로 뽑나요?

A. 간호학과에서 열심히 하고자하는 절실한 사람을 뽑습니다. 그리고 기본적으로 영어를 읽고, 해석하는 능력이 있어야 합니다.

Q7. 수능이 아닌 내신으로 들어갈 때 등급이 어느 정도 나와야 하나요?

A. 지원은 본인들 자유로 하지만 대개 4등급 이전까지 들어옵니다.

Q8. 잘해야 하는 과목은 무엇인가요?

A. 과학, 국어, 수학도 잘해야 하고, 제일 잘해야 하는 것은 영어입니다.

Q9. 문과한테는 불이익이 있나요?

A. 불이익은 없고, 문과도 들어와서 적응을 합니다. 1,2학년 때 본인 적성이 잘 파악이 안 돼서 문과를 가는 학생도 있는 걸로 압니다. 문과, 이과는 중요하지 않고, 들어와서 열심히 잘하면 됩니다.

Q10. 고등학교 때 봉사 동아리에서 쌓아놓은 봉사시간이 도움이 되나요?

A. 입학사정관제가 아니어서 크게 적용은 안 할 겁니다.

Q11. 영어 면접을 보나요?

A. 그 자리에서 읽고 해석할 줄 알아야 합니다. 면접을 할 때, 봉투를 하나씩 주는데 영어의 하나의 단락을 읽고 해석할 줄 알아야 합니다.

Q12. 3년제와 4년제의 차이가 있나요?

A. 차이는 없습니다. 지금은 법적으로 4년제로 하게 되어 있습니다.

Q13. 전공과목이 아닌 다른 과목도 도움이 되나요?

A. 그렇죠, 인성을 키워야 하니까요.

Q14. 추천하시는 책이 있나요?

A. 딱히 그런 책은 없고, 인성과 관련된 책을 많이 읽으면 됩니다.

Q15. 복수전공은 가능한가요?

A. 복수전공은 안됩니다. 해야 할 과목도 많고, 외워야 할 과목도 많아서 하기 힘들죠.

Q16. 국립대와 사립대의 차이점이 있다면 무엇인가요?

A. 일단 등록금이 다르겠죠. 그 외에는 제 생각에는 학생들이 느끼는 부분은 납부금을 제외하고는 별로 없는 걸로 알고 있는데 일단은 국립대가 납부금이 싸기 때문에 솔직히 말하면 아이들의 성적이 우수하죠.

Q17. 왜 간호사가 되고 싶으셨나요?

A. 저 같은 경우는 간호학과에 갈 성적이여서 왔어요. 근데, 간호학과를 들어가서부터는 재미있었고, 제 적성에 잘 맞았어요. 환자들에게 무언가를 해줬었을 때 환자가 완치가 되고 또, 환자가 행복해보였을 때 뿌듯하고. 제가 이 직업을 선택한 것에 나름 자긍심을 가지고 있어요. 또 전문직으로서 보람이 있어요.

Q18. 장학금을 받기 위한 자격조건은 어떻게 되나요?

A. 일단은 공부를 잘해서 받는 장학금이 있고요, 어떤 선행을 했다거나, 동아리활동을 열심히 했다거나, 영어공부를 열심히 했다거나. 다양한 장학금 혜택이 있습니다.

교수님과의 인터뷰!

교수님의 방

나. 체험활동 소감문

친구들과 선생님이 대학교로 희망하는 과 교수님과 인터뷰하러 간다고 해서 진로가 확실히 정해지지 않았던 저는 전날 선생님께 함께 가도 되냐고 허락을 받고 같이 대학교를 탐방하러 갔습니다. 영광에 살다보니 대학교를 직접 보기도 어렵고, 대학교 내부를 보는 건 더 쉬운 일이 아니었는데 이번 활동을 통해 전남대학교와 호남대학교의 시설도 구경하고, 같이 과 교수님을 찾아뵙고 인터뷰를 하면서 친구들의 희망하는 과에 대한 정보도 듣고 알게 되면서 새로운 정보들을 많이 얻었습니다. 제가 희망했던 간호학과 교수님과의 인터뷰는 물론 재미있었고, 궁금했던 부분과 몰랐던 부분까지 자세하고, 꼼꼼히 가르쳐주셔서 진심으로 감사드립니다. 그리고 다른 과 교수님과의 인터뷰도 재미있었고, 친구들 덕분에 간호사 말고 다른 직업들에 대한 정보도 새롭게 알 수 있었던 기회인 것 같아 정말 좋았습니다. 저는 대학교를 탐방하며 전문 교수님들을 만나 인터뷰하는 게 무척 좋았습니다. 여러 과 교수님들을 뵈러 가다가 길을 헤매기도 하고, 어디 계시는지 찾기 힘들어서 계속 걸어 다니기도 하고, 대화가 길어져서 피곤하기도 하고, 지치기도 했지만, 뿌듯하고, 이 활동에 참여한 것이 참 잘한 선택이었다는 생각이 들었습니다. 나중에도 또 이런 활동이 있다면 참여할 생각이고, 진로가 확실히 정해지지 않은 학생들한테 도움이 많이 되는 활동이라고 생각합니다.

널 널싱(nursing)하는 널스(nurse)

박성희

1. 목적

가. 실제 직업 종사자를 통한 직업이해와 진실한 이야기를 듣는 것을 목적으로 한다.

2. 필요성

가. 직접 보고 듣고 느껴야 더 확실한 도움을 받을 수 있다.

3. 세부 활동 계획

가. 활동 기간 : 2015년

나. 활동 인원 : 10명

다. 방문 기관 : 영광종합병원

라. 인터뷰 대상 : 간호국장님

4. 기대 효과

가. 자신이 원하는 직업에 대해서 더 신중히 결정하는 것에 대해 도움이 될 것이다.

5. 활동 후 결과 보고서

가. 인터뷰 내용

Q1. 이 직업에 대한 만족도는 어느 정도이신지요?

A. 이 직업을 선택한 것에 대해 후회하지 않고 건강이 허락될 때까지 계속 일을 할 것이고요. 저는 이 직업에 만족합니다.

Q2. 가장 보람 있었던 일은 무엇인가요?

A. 환자가 저를 필요로 하고 도움이 되었을 때입니다.

나. 체험활동 소감문

평소 많은 진로강의를 들어왔지만 내가 궁금한 것을 구체적으로 질문할 기회도 없었고 현실적인 문제나 조언들을 1대1로 더 자세히 알 수 있는 기회가 없었는데, 내가 관심 가졌던 직업에 대해 직접 인터뷰를 하며 궁금했던 것들을 시원하게 해결할 수 있어 보람차고 의미 있는 시간이었다. 나와 관심사가 다른 동아리 친구들의 희망직업을 함께 알아보고 대화하며 직업의 다양성과 여러 직업들의 매력을 느낄 수 있는 공감하고 소통할 수 있는 시간이었다.

물리치료사의 모든 것

채상화

1. 목적

가. 물리치료학과에 대한 필요한 정보를 대학교 교수님과의 인터뷰를 통하여 알기 위해

나. 물리치료학과에는 어떤 시설이 있으며, 어떤 곳에서 공부를 하는지에 대하여 알기 위해

2. 필요성

가. 이 진로 체험 활동을 통하여 나의 진로에 대한 확신을 갖기 위하여

나. 인터뷰를 통하여 나에게 필요한 게 무엇이고 준비해야 하는 것이 무엇인지 알아보기 위하여

3. 세부 활동 계획

가. 활동 기간 : 2015년 7월 29일 10:00~12:00

나. 활동 인원 : 4명

다. 방문 기관 : 물리치료학과

라. 인터뷰 대상 : 물리치료학과 교수님

4. 기대 효과

가. 인터뷰를 하고 난 후 나의 진로에 대하여 확신을 갖게 된 계기가

될 것이다.

나. 나에게 필요한 것이 무엇이고 부족한 것이 무엇인지를 알게 되고 그것을 위하여 내가 어떤 준비를 해야 하는지에 대하여 알 수 있을 것이다.

5. 활동 후 결과 보고서

가. 인터뷰 내용

Q1. 물리치료에 대한 정확한 의미는 무엇인가요?

A. 물리적인 여러 요소(물, 전기, 광선, 역학적인 힘)들을 이용해서 질병이 있는 사람들 혹은 질병 후유증이 있는 사람들의 기능을 회복시켜 정상적인 사회활동을 하는데 도움을 주기 위한 물리적인 치료법입니다.

Q2. 물리치료학과를 들어오기 위해 어떤 공부를 해야 하고, 잘해야 하는 과목은 무엇인가요?

A. 내신이나 수능을 맞추는 것이 중요하고, 거기에서 생명이나 물리를 공부해두면 도움이 됩니다.

Q3. 추천도서는 어떤 것들이 있나요?

A. 물리치료에 관련된 것 혹은 자신의 역경을 극복한 그런 책들을 읽으면 물리치료가 어떤 역할을 하는지에 대하여 알 수 있습니다.

Q4. 물리치료학과에서는 어떤 공부를 하나요?

A. 1학년 때는 일반생물학 및 실험, 물리치료학개론, 의학용어, 일반화학 및 실험, 일반물리학 및 실험, 인체생리학, 해부학1 등을 공부하고, 2학년 때는 일반 병리학, 해부학2 및 실습, 신경해부학 및

실습, 운동생리학, 근골격계 물리치료 및 실습, 물리적인 치료1, 운동치료학 및 실습, 정형외과학 등을 공부합니다. 3학년 때는 보건통계학, 임상운동학, 피부물리치료실습, 정형물리치료 및 실습, 신경계물리치료 및 실습, 물리치료 연구방법론, 운동조절론, 물리치료임상실습 등을 배우고, 4학년 때는 물리치료 진단학, 공중 보건학, 의료법규, 스포츠 물리치료 및 실습, 물리치료진단평가 문제해결, 노인 물리치료 및 실습 등을 배웁니다.

Q5. 국가고시에 합격하기 어렵나요?

A. 합격하기 쉽습니다. 2010년도에 학과를 설립하였고 국사고시 첫 번째 시험 때는 94%, 두 번째 시험 때 100% 합격하였습니다.

Q6. 교수님은 공부를 어떻게 하셨는지요?

A. 물리치료학과 들어오기 전에 물리치료 보다는 약대나 수의대를 목표로 공부를 하였으나 마지막에 수능이 나오지 않아 물리치료학과에 들어오게 되었습니다. 처음에는 친구, 선배들과 어울리는 게 좋아서 다녔다가 처음으로 봉사활동을 다녀온 후 정말 물리치료라는 게 괜찮은 학문이라는 것을 느끼게 되었습니다. 그 후 물리치료에 관심을 갖게 되었고 더 공부를 하기 시작했습니다.

Q7. 교수님이 생각하는 물리치료학과 전망은 어떠한가요?

A. 2년 전 한국의 경제학자가 낸 보고서가 있습니다. 그 보고서는 20년 후에 사라질 직업을 0~1 사이로 나타낸 것인데, 0으로 가까워지면 사라질 확률이 낮고, 1에 가까우면 사라질 확률이 높은 겁니다. 그중 물리치료사라는 직업은 0.003~0.004으로, 20년 후에도 사라지지 않고 남아 있을 정도로 전망이 좋습니다.

Q8. 고등학교 때 도움이 되는 활동(동아리, 봉사활동)에는 뭐가 있을까요?

A. 해부 동아리 활동은 면접하는 입장에서 '이 아이들이 제대로 했나?', '장난으로 한 게 아닌가?' 라는 생각을 가지게 할 수 있습니다. 만약 자신이 한 활동들을 포트폴리오로 정리하면 '말이 아니고 정말 제대로 했구나.' 라는 생각을 가지게 됩니다. (단, 학교마다 다르다고 한다.) 봉사활동을 꾸준히 지속적으로 하는 것이 좋습니다.

Q9. 물리치료과를 나오면 할 수 있는 직업의 종류에는 어떤 것들이 있나요?

A. 의료기관 취업, 복지관, 대학원 진학, 공무원, 개인영업 등등이 있지만 대부분의 학생들이 의료기관에 취업합니다.

Q10. 교수가 되면서 힘들었던 일이나 후회했던 일이 있나요?

A. 강의를 12년째 하고 대학교수 7년차지만, 후회한 적은 없습니다.

Q11. 보람을 느꼈을 때는 언제인가요?

A. 예전 강사 때 강의를 들은 학생 중 한 명이 다른 대학의 교수가 된 적이 있었는데, 그때 보람을 느꼈습니다.

Q1. 물리치료학과의 장점은 무엇인가요?

A. 물리치료학과의 가장 큰 장점은 취업률이 작년에 95%, 올해 91%로 높다는 것입니다. 사람들을 치료하면서 돈을 번다는 자체가 정말 가치 있는 일입니다.

Q12. 호남대학교 물리치료학과 내의 동아리활동은 무엇이 있나요?

A. 물리치료 봉사동아리에서 매주 동아리 활동을 하고 있습니다.

Q13. 물리치료사는 어떤 성격을 가지고 있어야 되나요?

A. 물리치료를 하면서 가장 필요한 건 인성입니다. 성인과 성인이 만나면 이 사람의 얼굴이나 눈빛이나 말투에서 진심이 나옵니다. 문제해결능력 등은 직무에 있어서는 우선적이겠지만, 직업적으로 이 일을 잘하고 지속적으로 하려면 인성이 가장 필요하다고 생각합니다.

Q14. 작업치료와 물리치료의 차이는 무엇인가요?

A. 물리치료는 대근육 운동 위주로 치료를 중점으로 두지만, 작업치료는 소근육 운동 위주의 치료를 중점으로 둡니다.

나. 체험활동 소감문

물리치료학과 교수님과 인터뷰를 하면서 물리치료사라는 직업이 정말 매력적이라고 느끼게 되었다. 특히 물리치료학과의 장점에 대하여 말씀해 주실 때 '사람들을 치료해 주면서 돈을 번다는 것이 가장 가치가 있는 일이다.' 라고 하셨을 때 가장 많은 매력을 느끼게 되었고, 단순히 취업률 하나를 생각한 내 자신이 부끄럽다고도 생각하게 됐다. 또한, 교수님과의 인터뷰를 통해 대학 면접에 갈 때 자신의 포트폴리오를 만들어 가면 더 좋은 인상을 줄 수 있다는 것을 알게 되었고, 나도 대학 면접을 보러 갈 때 지금까지 했던 일을 포트폴리오로 정리해 가야겠다고 생각했다. 여러 가지 물리치료학과 실을 보면서 물리치료학과에는 이런 시설들이 있고 어디서 공부를 하며, 어떤 공부를 하는지에 대하여 알게 되었다. 이 체험 활동을 통해서 내가 부족한 부분이 어떤 부분인지에 대하여 알게 되었다. 이제는 그것을 보완하기 위해 계획을 세우고 실천하도록 노력할 것이다. 인터뷰할 시간을 내 주신 이현민 교수님 정말 감사드립니다.

교수님!!
VAIO

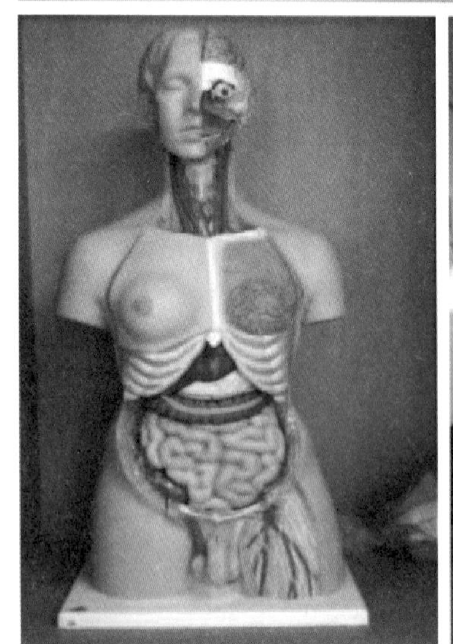

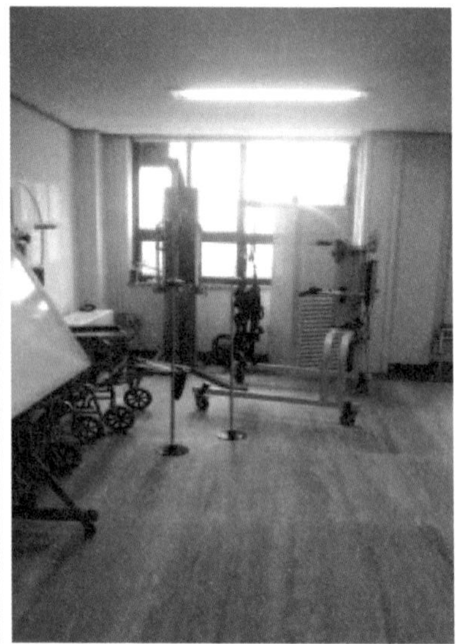

호남대학교
물리
치료학과
호남대학교
물리
치료학과

으리으리한 내 꿈을 위하여!

이슬

1. 목적

가. 미래의 꿈을 찾는 방안 모색
나. 원하는 직업 경험
다. 필요한 점이나 정보를 모색
라. 동기부여

2. 세부 활동 계획

가. 활동 기간 : 2015년 7월 17일 오전 11시
나. 활동 인원 : 2명
다. 방문 기관 : 노란네모 미술학원
라. 인터뷰 대상 : 미술치료사 장보영 선생님

3. 기대 효과

가. 면담 후 자신이 이루고자 하는 직업의 정보를 얻을 수 있다.
나. 자신이 이루고자 하는 직업을 간접적으로 경험하여 미래직업에 한 걸음 다가설 수 있다.
다. 동기부여를 받아 공부를 열심히 한다.
라. 필요한 점을 충족시키기 위해 노력한다.

4. 활동 후 결과 보고서

가. 인터뷰 내용

Q1. 어떤 계기로 이 직업을 선택하게 됐나요?

A. 봉사로 시작하였으나 보람을 느껴 직업으로 삼게 되었습니다.

Q2. 전공과목이나 자격요건은 어떻게 되나요?

A. 전공과목은 산업디자인이었고 논문을 쓰는 깊이 있는 학회나 협회의 강의 등을 들었어요. 딱히 전공 상관은 없는 것 같아요. 미술치료사에는 자격증이 있는데 단기적, 장기적이 있으며, 장기적으로는 국가 자격증이 있어요. 미술공부는 대부분이 대구나 서울에서 이루어지기 때문에 미술을 공부하고 싶다면 대구나 서울로 가서 공부해도 좋을 것 같아요. 하지만 미술을 딱히 못해도 상관없어요. 하지만 도움은 되겠죠.

아이들에게 협동하여 완성시키는 그림을 수업중인 모습

Q3. 이 직업에 꼭 필요한 점은 무엇인가요?

A. 이해와 친절과 극복, 그리고 끈기가 필요해요. 그리고 다른 건 몰라도 무슨 직업이든 영어공부가 필요해요. 대부분의 논문이 영어로 이루어졌기 때문이죠.

Q4. 일을 하면서 보람을 느끼는 경우는 언제인가요?

A. 제가 오기를 기다리는 사람들을 보거나 아쉬워하는 사람들을 보면서 보람을 느껴요. 또 사람들이 좋아진 사례들을 보며 보람을 느끼죠.

Q5. 이 일을 하면서 힘든 점은 무엇인가요?

A. 딱히 힘든 점은 없지만 시간에 쫓기는 게 제일 문제예요.

Q6. 이 직업의 매력은 무엇이라고 생각하나요?

A. 매력은 딱히 없는데 제가 이 직업을 가진 게 너무 좋아요.

Q7. 보수 및 전망은 어느 정도 되나요?

A. 보수는 따른 도시 쪽에 비에 큰 편이에요. 전망도 좋구요.

아이들에게 그림 그리기 수업하는 모습

Q8. 미술을 배우기 위해 돈이 많이 드는데 부담스럽지 않을까요?

A. 다른 직업에 대한 공부를 할 때도 돈은 들기 마련이에요. 미술이라서 더 들거나 그런 건 없어요. 너무 장비 탓이 많으면 많이 들겠죠.

Q9. 이곳에서도 개인적인 부탁은 많은가요?

A. 개인적인 부탁은 많지만 아쉽게도 시간이 부족해서 못 봐드리는 경우가 많아요.

Q10. 마지막으로 이 직업을 준비하는 청소년에게 해주실 말씀이 있다면 한마디 해주세요.

A. 어느 직업이든 마찬가지겠지만 특히나 이 직업에는 참고 기다릴 줄 아는 끈기가 필요해요.

나. 체험활동 소감문

그동안 학교에서 해왔던 각종 적성 검사는 나에게 맞지 않는 공부를 하라는 검사 결과가 많았는데 이번 동아리 검사 결과는 정말 내가 그나마 칭찬을 많이 받는 예술 분야가 나왔다. 물론 내가 확실히 하지 않았던 점도 있겠지만 이번 진로 프로그램은 하는 동안 지루하지 않아 끝까지 집중할 수 있었기 때문에 정확하게 나온 것 같다. 그동안 난 커서 뭐가 될까 하는 고민이 많았었는데 적성을 알게 되어 내가 진짜로 원하는 꿈을 찾게 되었고, 처음 해보는 직업 인터뷰를 통해서 내가 한번 고려해 본 직업에 대한 정보를 얻을 수 있었다. 설렘 반 긴장 반으로 인터뷰를 하러 가서 선생님을 만났을 때 어린이집을 다닐 때 선생님을 만나 새롭기도 하고 반갑기도 했었다. 그로 인해 긴장이 한시름 놓이고 선생님께 드리고 싶은 질문 몇 가지도 해보며 미술치료사가 내가 생각했던 것과는 다르다는 것을 알았다. 내가 한때 원했던 사람을 치료하는 직업과 나의 적성이 합쳐진다면 더 큰 사람이 되진 않을까 하는 생각도 해보는 계기가 되었다. 그동안 미술과 관련되어 있는 직업은 미술을 잘해야 한다는 선입견도 사라지고 돈이 많이 들 것이라는 생각도 뒤집어졌다. 나중에 내가 미술 쪽에 관련된 직업이 확실해진다면 그 꿈을 이루고 난 뒤 미술치료사 쪽으로 공부를 해 나의 노년을 다른 사람들이 행복하게 살 수 있는 치료를 하는 것도 나쁘지 않을 것 같다. 이 직업을 인터뷰하면서 그동안 해 왔던 각종 검사들이 여태까지 받았던 결과와 달랐다는 점에서 아직 꿈이 정해지지 않은 고2인 나에게 이번 기회는 엄청난 도움이 되었고, 앞으로 확실한 진로를 결정할 때 적성에 맞추어 결정할 수 있는 중요한 시간이 되었으며, 꿈을 향해 더 노력하는 내가 되어야겠다고 다짐하는 계기가 되었다.

원예치료가 영광고 3학년 학생의 스트레스 해소에 미치는 효과 연구

- 영광고등학교의 3학년 여학생 2명을 중심으로

영광고등학교 3학년
정연경 문성민

| 차례 |

Ⅰ. 서론

1. 연구의 목적

최근 청소년들이 입시위주의 교육과 또래집단의 영향, 가족 간의 갈등 등으로 인해 청소년 문제가 더욱 심각해지고 있다. 학교보건진흥원이 펴낸 '학교보건연보'(2008)에 따르면 서울시 청소년 정신건강 실태 조사결과, 중·고생의 ADHD 유병률이 20%, 우울 11%, 폭력성 9%로 많은 청소년들의 정신건강 문제가 늘어나고 있으며, 그 양상이 날로 심각해지고 있음을 알 수 있다. 청소년기에는 자신의 미래와 밀접한 관련이 있으며, 자신의 자아정체성을 확립해야 하는 시기로 정서적으로 불안해 하며 평소 부정적인 태도를 가지고 생활하면 교우관계 속 소외감이나 욕설, 폭력적인 행동을 일삼아 문제가 생길 수 있다(문영애, 2002).

원예치료는 식물을 통한 원예활동에 의해서 사회적, 교육적, 심리적 혹은 신체적 적응력을 기르고, 이로 말미암아 심신의 재활과 회복, 그리고 삶의 질을 높이는 전반적인 활동이라고 할 수 있다(손영식, 2005).

이에 원예치료를 통해 청소년에게 식물 또는 식물과 관련된 여러 활동을 통해 신체와 정신을 향상시키고 오감을 자극하여 정서적, 사회적 개선에 매우 효과적으로 기여하며(김재환, 2003), 자연을 통한 환경을 통해 정서적 안정감을 주며 올바른 가치관을 형성하고, 원예활동을 하며 직업으로 삼을 수 있는 기회가 되며(Levinson, 1964), 책임감을 증진시킬 수 있다(Langer와 Robin, 1976). 이런 원예치료의 효과를 바탕으로 청소년에게 효과적인 원예치료의 방향을 제시하는 데 목적이 있다.[1]

1) 원광대학교 〈국내청소년대상 원예치료 연구동향 분석〉 박선주 논문 1p 참조

2. 연구 가설

연구가설1은 '원예 통합치료 프로그램에 참여한 실험집단 아동의 자아 존중감이 향상될 것이다.' 이다. 하여 통제집단과 실험집단을 각각 나눠 사전에 자아 존중감의 차이를 조사하여 동일집단임을 알아보고 후의 변화를 연구하였다.

연구가설2는 '원예 통합치료 프로그램에 참여한 실험집단 아동의 사회성이 향상될 것이다.' 이다. 이 또한 동일집단임을 사전에 조사하여 후의 변화를 연구하였다.[2)]

3. 선행연구 검토

원예치료의 선행연구를 보면 원예치료 프로그램을 통해 청소년기 아이들의 자아 존중감과 자신감 향상에 미치는 효과를 연구(전명란, 2013) 하고 저소득층 아이 및 학교적응에 미치는 영향(윤은주, 2011), 사회성에 대한 효과(박준희, 2001) 등을 알아보는 연구를 하였으며, 먼저 자아존중감을 하위영역으로 구성하여 생명존중의식이나 사회적인 능력을 검사하여 기록하였고 실험집단과 통제집단을 동등한 성별과 학력으로 구성하여 사전검사를 한 후, 원예치료 프로그램을 실시하였다. 원예치료 프로그램은 야생화 찾기, 작은 텃밭을 꾸미고 돌보기, 산책하며 꽃 관찰하기, 화분 만들어 선물하기, 꽃꽂이, 고구마 수확 등으로 구성되었고, 이를 통해 꽃을 관찰하는 과정에서 협동심을 기르고 텃밭을 자발적으로 이용하는 활동을 길러 적극적인 참여를 유도하고 생명의 소중함을 알게 하고 화분을 선물하여 자신의 인간관계 속에서 자신의 소중함을 알게 하는 등의 효과를 목표로 설정해 두었음을 알 수 있었다. 원예활

2) 원예 숲 통합치료 프로그램이 저소득가정 아동의 자아존중감 논문 26P-50P,62P-63P참조

3) 원예 · 숲 통합치료프로그램이 저소득가정 아동의 자아 존중감, 사회성, 생명존중의식에 미치는 영향 41P,46P참조

동 프로그램이 끝나면 사후조사를 실시하여 아이들의 변화를 기록하는데, 연구를 통해 사전조사에서는 실험집단과 통제집단의 자아존중감이 동일하다는 결과가 있었고 사전–사후조사의 결과 통제집단은 다른 변화가 없었지만 실험집단은 원예치료 프로그램이 사회성과 자아 존중감 향상에 효과적이었음을 검증하였다. 하지만 지역 속의 저소득가정 16명이 우리나라 전체로 일반화시키기에 무리가 있다는 한계를 보였다.[3)]

Ⅱ. 이론적 배경

1. 인문계 고등학교 3학년 스트레스에 대한 조사

〈자료1〉

1. 귀하가 평소 스트레스를 받는 원인은 무엇입니까? (복수응답 가능) ( )

1. 대학교진학문제 2. 교우관계 3. 외모 4. 부모님의 잔소리 5. 연애

2. 이러한 스트레스를 해소하는 방법은 무엇입니까? ( )

1. 컴퓨터게임 2. 핸드폰 3. 친구와의 수다 4. 먹기 5. 기타 ( )

3. 이러한 방법으로 스트레스가 얼마나 해소 됩니까? ( )

1. 완벽히 해소된다 2. 대부분 해소된다 3. 보통이다 4. 조금 해소된
5. 잘 모르겠다

4. 귀하는 평소 나무에 대한 관심이 어느 정도입니까? ( )

1. 자세히 알고 있다 2. 어느 정도 알고 있다 3. 거의 모른다
4. 전혀 관심 없다

5. 귀하는 원예치료에 대해 어느 정도 알고 계십니까? ( )

(④번의 1, 2번 응답하신 분만)
1. 자세히 알고 있다 2. 어느 정도 알고 있다 3. 거의 모른다
4. 전혀 관심 없다

– 응답해 주셔서 감사합니다.

이러한 설문지를 영광고등학교의 3학년 학생들을 토대로 한 결과, 10명 중 60%의 학생들이 주로 학업에 스트레스를 받고 있으며, 30%는 연애로 인한 스트레스가 발생하며, 나머지 10%의 학생은 교우관계에 스트레스를 받고 있다. 대부분의 학생들이 스트레스 해소에 많은 시간을 보내는 반면, 건강상에 좋지 않은 영향을 끼치는 핸드폰이나 컴퓨터 이용을 주로 하면서도 70%의 학생들이 잘 모르겠다는 답변을 내놓았다. 그리고 나머지 30%의 학생들은 보통이라고 답변하였다. 이에 우리는 간단한 원예치료를 통해서 아이들의 사소한 변화를 지켜보기로 했다.

2. 원예치료 개념 및 효과

(1) 원예치료의 개념

원예치료(horticultural therapy)란 식물 및 원예활동을 통하여 사회적 · 교육적 · 심리적 혹은 신체적 적응력을 기르고 이로 말미암아 육체적 재활과 정신적 회복을 추구하는 것으로, 다른 의미로 볼 때 원예치료는 심신의 치료와 재활, 그리고 식물을 이용한 쾌락성 추구(green amenity) 및 환경 회복의 매체로서 식물 및 원예활동을 이용하는 전문적인 기술 및 방법을 의미(Son et al., 1997a)한다. 또한 원예치료는 '치유와 재활에 있어 전문적으로 시행될 수 있는 수단으로서 식물재배와 정원활동을 이용하는 것이다.' 라고 정의(Suh et al.,2000)하였다.[4]

(2) 원예치료의 효과

원예치료의 가장 본질적인 효과는 우리 이외의 생명을 기르고 돌보는 활동 속에 생명에 대한 이해를 얻을 수 있다.(Relf,1998)

---

4) 고려대학교 〈원예치료가 인문계 여고생의 심리적 안녕감과 정신건강에 미치는 영향〉 하예나, 박천호 논문참조 3P

원예치료를 독특하게 하는 것은 원예활동 프로그램 내에 살아있는 식물과 식물을 키우고 돌보는 활동이 사용된다는 점이다. 이런 원예활동을 통해 생각을 자극시키고 신체를 운동시킨다.

원예치료의 효과의 종류는 인지적 효과, 사회적 효과, 정서적 효과, 신체적 효과로 나눌 수 있으며, 인지적 효과는 주기적인 식물관리로 시간의 흐름을 식물을 통해 인식하고(Son, 2004), 호기심을 야기시키며 관찰력을 증진시키는 효과를 말한다. 또한 원예치료는 원예활동이라는 목적을 향해 여러명의 사람들이 협력하여 활동하므로 자기 몫에 대한 책임감을 갖게 되고(Williams, 1990), 대인관계가 향상되는 사회적 효과를 갖고 있으며, 심리적으로 편안함을 갖고 있는 녹색을 자주 보며 생명과의 직접적인 체험을 통해 자아를 성숙시킬 수 있다는 정서적 효과를 갖고 있다(Nam, 2003). 그리고 원예활동은 한 시간의 자전거 타기나 빠른 보행과 칼로리 소모가 유사(Suh et al., 2000)하다고 보고하고 있다. 원예활동 속의 식물 돌보기를 통해 작은 근육들을 움직여 운동하며 돌아다니며 대근육을 쓰므로 대근육과 소근육 운동을 함께 함으로써 신체적 건강을 증진(Barbara et al., 1998; Relf, 1981)시킨다.[5]

5) 고려대학교 〈원예치료가 인문계 여고생의 심리적 안녕감과 정신건강에 미치는 영향〉 하예나, 박천호 논문4-6P참조

Ⅲ. 연구방법

1. 실험연구 설계

본 연구는 영광고등학교 고등학교 3학년을 대상으로 원예 치료프로그램이 인문계고등학생의 스트레스 해소능력에 미치는 효과를 검증해 보려고 한다. 이러한 목적을 위하여 다음과 같이 연구 설계를 하였다.

〈그림1〉 영구 설계 모형

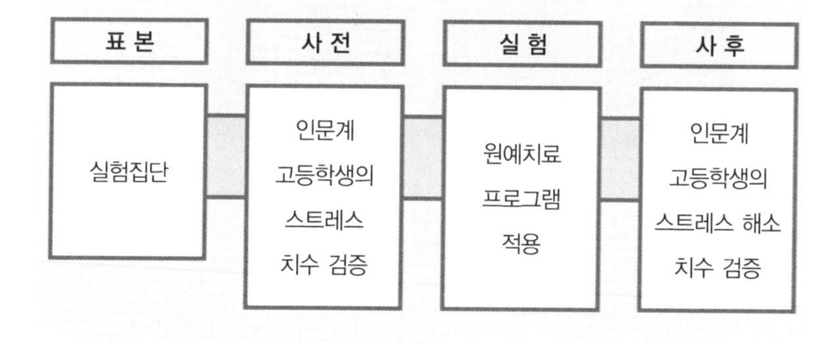

2. 연구대상

연구대상은 인문계 고등학교 '영광고등학교' 학생 중 고등학교 3학년 문과, 이과 여학생 두 명이다. 이를 위해 영광고등학교 3학년 학생 10명 중 2명의 학생을 선정하였다. 실험집단의 동질성을 확보하기 위하여 다음과 같이 대상을 배정하였다. 첫째, 연령의 동질성을 위해 실험집단을 고등학교 3학년으로 선정하였다. 둘째, 성별의 동질성을 확보하기 위해 실험대상을 여학생으로 선정하였다. 결과적으로 고등학교 3학년 여학생 2명을 실험 대상으로 선정하였다.

3. 측정 방법

(1) 산책

원예치료가 이론적으로 스트레스 해소에 유용하고 일상생활에서 활용되고 있으면서, 산책은 원예치료의 대표적인 방법 중 하나이다.

(2) 자연의 소리 듣기

평균 15시간 동안 학교 생활을 하면서 자연의 소리를 들을 시간이 많지 않았다. 그래서 자연의 소리 듣기로 시각뿐만 아니라 청각으로 인한 원예치료도 스트레스 해소에 영향을 줄 것이라는 기대로 실험을 하였다.

Ⅳ. 연구결과

1. 원예치료 프로그램이 고등학생의 스트레스에 미치는 효과(가설)

원예치료 프로그램을 개발하여 그 효과성을 검증하기 위하여 설정한 본연구의 가설은 다음과 같다.

〈가설1〉 원예치료 프로그램에 참여한 실험집단 학생들의 스트레스 해소에 영향을 줄 것이다.

〈가설2〉 원예치료 프로그램에 참여한 실험집단 학생들의 자아존중감이 향상될 것이다.

1). 실험집단의 스트레스 사전-사후검사 결과차이검증 (설문지 분석)

본 연구에서 실시한 원예치료 프로그램의 효과를 검증하기 위하여 먼저 실험대상들이 사전검사로 스트레스 치수를 측정하고 실험 후 사후검사로 원예치료로 인해 스트레스 해소 치수를 측정하였다.

〈자료2〉 학업 스트레스 사전검사

1. 평소 학업에 대해 얼마나 스트레스를 받고 계십니까?

1. 많이 받는다 2. 조금 받는다 3. 적당이 받는다 4. 전혀 받지 않는다

2. 평소 스트레스 해소를 위해 산책 등을 하십니까?

1. 많이 한다 2. 가끔 한다 3. 보통이다 4. 전혀 하지 않는다

3. 평소 스트레스 해소를 위한 방법은 무엇입니까?
1. 컴퓨터 게임 2. 친구들과 수다 3. 공부 4. 없다

4. 이러한 방법으로 스트레스 해소가 어느 정도 되십니까?
1. 다 된다 2. 거의 된다 3. 보통이다 4. 전혀 안 된다

- 응답해 주셔서 감사합니다.

〈자료2〉에서 보는 바와 같이 학업스트레스를 많이 받고 있지만 평소 스트레스 해소를 위한 방법을 잘 모르고 있으며 원예치료에 대해 관심이 없는 것으로 측정되었다.

〈자료3〉 연애 스트레스 사전검사

1. 평소 연애에 대해 얼마나 스트레스를 받고 계습니까?
1. 많이 받는다 2. 조금 받는다 3. 보통이다 4.전혀 아니다

2. 평소 스트레스 해소를 위해 산책 등을 하십니까?
1. 많이 한다 2. 가끔 한다 3. 보통이다 4. 전혀 하지 않는다

3. 평소 스트레스 해소를 위한 방법은 무엇입니까?
1. 컴퓨터 게임 2. 친구들과 수다 3. 공부 4. 없다

4. 이러한 방법으로 스트레스 해소가 어느 정도 되십니까?
1. 다 된다 2. 거의 된다 3. 보통이다 4. 전혀 안된다

- 응답해 주셔서 감사합니다.

〈자료3〉에서 보는 바와 같이 연애 스트레스를 받고 있지만 적절하지 않은 스트레스 해소 방법으로 스트레스는 거의 해소를 하고 있었다. 또한 원예치료에 대해 관심을 가지고 있지 않고 있었다.

〈자료4〉 스트레스 사전검사

1. 원예치료를 한 후 스트레스 감소에 영향을 주었습니까?

1. 많이 그렇다 2. 조금 그렇다 3. 보통이다 4. 전혀 아니다

2. 평소 스트레스 해소 방법보다 원예치료방법이 더 스트레스 해소에 영향을 줍니까?

1. 많이 그렇다 2. 거의 그렇다 3. 보통이다 4. 전혀 아니다

3. 원예치료를 주기적으로 할 의향이 있습니까?

1. 많이 그렇다 2. 조금 그렇다 3. 보통이다 4. 전혀 아니다

- 응답해 주셔서 감사합니다.

〈자료4〉에서 보는 바와 같이 원예치료로 인해 스트레스가 평소보다 많이 감소되었다는 것을 확인할 수 있었으며, 실험 대상인 두 명의 여학생이 원예치료를 주기적으로 하는 것을 원하고 있다.

V. 결론 및 논의

이 연구는 영광고등학교 속 한움동아리에서 실시한 간단한 원예치료가 영광고 3학년 학생의 스트레스 감소에 미치는 효과를 알아보기 위해 실시하였으며, 영광읍 영광고등학교 3학년 학생들을 대상으로 하였다. 이 중 2명의 학생과 '자연의 소리를 찾아서' 라는 어플리케이션을 다운로드하여 자연의 소리를 들어보는 활동과 주변의 자연을 이용해 산책이라는 체험활동, 그리고 온전한 자연의 소리를 듣는 활동을 실시하였고, 나머지 8명의 학생은 통제집단으로 설정하여 실험하지 않았다. 연구기간은 2015년 07월~2015년 08월로 1개월 동안 프로그램을 진행하였다.

프로그램을 실시한 이후 연구가설과 그에 따른 검사를 한 결과, 실험 전과 실험 후 자연의 소리만으로도 스트레스가 해소된다는 설문결과가 나왔으며, 자연의 소리 명상음악이 초등학생의 스트레스 감소에 미치는 효과(박영선)라는 연구결과와 유사한 결과가 나오게 되었다.

이런 결과가 나오게 된 것 중 하나는 자연의 색인 초록색을 가까이 하며 자연속의 생물들이 내는 소리로 어우러진 모습들을 통해 편안함을 느끼게 되었기 때문이라고 생각한다. 프로그램을 시작하기 전에는 원예치료에 대해 잘 알지 못하는 학생이 대부분이었지만 프로그램을 끝낸 후 전보다 자연을 가까이 하는 모습을 보게 되었다. 그리고 산책을 하며 친구들과의 소통을 통해 대인관계가 발전하였으며, 서로를 이해하며 짜증이나 화를 덜 내는 것을 볼 수 있었다.

이러한 연구를 지역별 청소년 상담센터와 협력하여 치료를 한다면 많은 발전이 기대될 것으로 예상한다. 또한 이러한 원예치료를 학교와

접목시켜 주변에 나무나 자연과 어우러질 수 있는 식물들을 심어 더욱 가까워지고 쉬운 원예치료로 개발된다면 현재보다 더욱 쉬운 스트레스 해소법이 개발되어 청소년기의 스트레스 해소에 도움이 될 것이라 생각한다. 하지만 영광군의 한 고등학교 속의 학생들을 대상으로 한 실험이기 때문에 전국의 학생들이 모두 해당된다고 말할 수는 없다. 후에 연구를 하기 위해서는 더욱 다양한 원예치료를 연구할 필요가 있다. 그리고 스트레스의 원인에 따라 원예활동의 방법도 다르게 해보는 것이 도움이 될 것이다.

03 서비스

고객을 만족시켜라. 처음에도, 맨 나중에도, 그리고 항상

– 루치아노

하늘을 날아보자!

최수라

1. 목적

가. 직업에 대한 정보를 얻기 위해

나. 대학진학에 필요한 정보를 얻기 위해

다. 직업에 대한 확신을 얻기 위해

2. 필요성

가. 구체적인 정보를 알 수 있다.

나. 틀린 정보는 빨리 고치고 체크할 수 있다.

다. 교훈과 계기가 될 수 있다.

3. 세부 활동 계획

가. 활동 기간 : 7월 29일

나. 활동 인원 : 2명(선생님 포함)

다. 방문 기관 : 호남대학교 항공서비스학과

라. 인터뷰 대상 : 호남대학교 이동희 교수님

4. 기대 효과

가. 알고 있던 정보보다 많은 정보를 폭넓게 알 수 있을 것이다.

나. 진로에 대한 확신을 얻을 수 있을 것이다.

다. 학과선배들과 친해질 수 있을 것이다.

5. 활동 후 결과 보고서

가. 인터뷰 내용

Q1. 학과에 들어가기 위한 성적수준(등급)에 대해 알고 싶습니다.

A. 등급은 주로 3,4,5 등급을 뽑지만 편차가 있습니다. 학생의 신체 조건이나 직업의 적절성을 고려하는 등 면접 점수를 포함하기 때문에 2등급이 떨어지는 경우도 있고, 5등급이 붙는 경우도 있어서 확실한 등급은 알 수 없습니다.

Q2. 승무원이라는 직업을 선택하신 이유에 대해 알고 싶습니다.

A. 원래의 꿈은 교수였으나 다양한 경험을 쌓을 수 있고, 조건을 생각해 보니 승무원이 적절하다는 생각이 들었고, 직업이 좋고 자신과 맞으며 사람들에게 봉사하고 서비스하는 것을 좋아해서 선택하게 되었습니다.

Q3. 학교 동아리로 만들 때 적절한 활동은 무엇일지 알고 싶습니다.

A. 항공사 뉴스를 스크랩하면서 전반적인 상황과 뉴스를 읽는 활동을 통해서 능력을 키울 수 있습니다.

Q4. 중요한 과목에 대해 알고 싶습니다.

A. 국어 화법과 영어가 중요합니다. 정확한 발음과 말 강약 구분을 정확하게 해야 하기 때문입니다.

Q5. 면접 때 주로 보는 것은 무엇인지 알고 싶습니다.

A. 첫째로 승무원에게 알맞은 신체조건으로 키를 보며, 용모와 성실성과 인간관계능력, 가치관을 봅니다. 성실성은 학교생활 중 결석

사항과 내신관리로 알 수 있습니다.

Q6. 선후배 사이에 대해 알고 싶습니다.

A. 다른 학교에 비해 학생들 관계가 좋고, 문제되는 일은 없습니다.

Q7. 이 일을 하면서 보람을 느낀 적과 힘들었을 때는 언제인지 알고 싶습니다.

A. 학생들이 사회에 나가서 인정받을 때 보람을 느끼며, 매번 똑같은 일을 반복했을 때 힘듭니다.

Q8. 현장에 있을 때는 어떠신지 알고 싶습니다.

A. 새로운 손님을 만날 때 여러 경험을 하기 때문에 기쁘고, 승무원이라는 직업이 자신과의 싸움이 커서 이겨내기 힘든 적도 있었지만 오랜 시간 하다 보니 이겨내게 되었습니다.

Q10. 근무조건은 어떻게 되는지 알고 싶습니다.

A. 평균 일주일에 70시간 정도 근무를 하는데 나라 이동 시간에 따라 머무는 시간이 차이가 있고, 한국에서 쉬는 시간은 10일~12일 정도 됩니다. 노동 강도는 정신과 신체적인 부분이 많아서 많이 힘듭니다. 그리고 개인보다는 조직적인 생활을 하며, 자신의 스케줄보다는 비행스케줄에 맞춰야 해서 빨리 적응하는 능력도 필요합니다.

Q11. 외국항공사에 대해서 알고 싶습니다.

A. 정신적인 부분에 있어서 많은 요구가 필요하며, 조직보다는 개인적이기 때문에 자유롭고, 다양한 경험을 쌓을 수 있습니다. 보수 또한 좋은 장점을 갖고 있지만, 외로움을 타는 경우가 많으며

4~5년 정도 일을 하다 한국에 돌아오고 싶어 합니다. 하지만 막상 돌아오면 개인적인 활동을 했기 때문에 적응하기 힘들어하는 경우가 많습니다.

Q12. 추천도서는 무엇인지 알고 싶습니다.

A. 손님과 교류가 크기 때문에 문학서적과 미술작품을 읽는 것이 현장에 나갔을 때 많은 도움이 되고, 여행에 관한 책과 '꿈꾸는 다락방' 이 좋습니다.

Q13. 면접 때 주로 보는 것은 무엇인지 알고 싶습니다.

A. 신체적인 조건(키, 몸무게), 밝은 이미지, 피부, 열정, 가능성을 봅니다.

Q14. 교훈해 주고 싶은 말씀이 있으시면 해주세요.

A. 삶은 give give give and take!

나. 체험활동 소감문

이번 인터뷰 활동은 꿈에 대한 큰 확신이 없어서 참여하게 되었다. 사실 나는 고1 때 막연히 여자가 하기에 좋은 직업이란 생각에 간호사를 꿈으로 정했는데 우연히 고1 진로활동을 통해서 승무원이라는 직업을 접하게 됐다. 간호사는 내 적성과 흥미가 정반대였으며 내가 생각하기에 좋은 직업이지만 대학교를 졸업한 후 몇 십 년 동안 평생 직업으로 하기에는 힘들고, 괴로울 것이라고 생각했기 때문이다. 그러던 중 만난 승무원이라는 직업은 그 당시 흥미라 해봤자 사람과 소통하는 것과 여행 다니는 것이 전부였는 내 적성과도 딱 맞았고, 잘 웃고, 활발한 내 성격과 딱 맞는 직업이라고 생각했기 때문이다.

그러나 점차 대학 진학을 앞두고 여러 생각에 휩싸이면서 확신이 많이 사라짐을 느꼈고, 이번 활동을 통해서 여러 가지 결정을 해야겠다고 다짐하는 마음으로 참여하게 되었다. 이번 활동에서 내가 얻고 싶은 것은 승무원이라는 직업에 대한 객관적인 모든 사람들이 보는 겉모습이 아닌 주관적인 모습을 보고 싶었고, 고1 때 승무원이라는 직업에 빠져 있을 때 찾아보던 정보가 있었는데 그 정보를 바탕으로 세밀한 다른 정보도 얻고 싶었기 때문이다.

그러나 체험활동을 한 후 내가 생각했던 것보다 더 많고 유익한 정보를 세세하게 얻을 수 있었고, 교수님의 승무원 시절 이야기도 들을 수 있어서 재미있었으며, 내가 찾아본 정보를 바탕으로 조그만 정보만으로도 충분했을 것 같았는데 더 많은 정보를 주셔서 여러 가지 지식을 얻을 수 있었다. 그리고 승무원의 삶이 아닌 지금 내가 현재 시점에서 대학 진학을 앞두고 승무원이라는 직업을 준비하는 과정에서 필요한 정보를 주셔서 많은 것을 배울 수 있었다. 특히 내가 생각하지 못한 부분도 많이 있었다. 인터뷰 중 승무원이라는 직업에 대한 관련 도서를 추천받고 싶어서 질문했는데 사실 예상 답변은 승무원 도서, 영어도서를 생각했지만 예상 밖으로 예술 관련 책을 추천해 주셨다. 이유를 물어보자 교수님은 와인이나 그림, 여행에 관련된 도서는 긴 시간 심심하게 비행하시는 손님들에게 많은 재미를 줄 것이고, 심심함을 조금이나

진지한 Q&A 시간

이동희 교수님과의 즐거운 인터뷰 시간

마 채워드릴 수 있으며, 손님과 같은 장르를 알고, 좋아한다면 공감대가 많이 형성되고, 많은 이야기를 주고받을 수 있으며, 손님이 여행하시는 여행지에 대해 알고 있거나 관련 책을 읽는다면 아마 손님이 여행하실 때 많은 정보와 도움을 줄 수 있다고 말씀하셨다 그리고 나 또한 승무원이라는 직업은 손님을 최우선으로 생각하며 항상 서비스해야 한다고 생각해서 유익하고 새로운 정보라고 생각했다. 이번 활동을 통해 승무원이라는 직업을 다시 확신했고, 지금부터 열심히 꿈을 이루기 위해 노력해야 한다고 생각했다.

외식 경영을 꿈꾸는 한 걸음

정유진

1. 목적

가. 바리스타에 관심이 많고 다른 요리 관련 분야도 관심이 많아서 진로를 요리 분야로 잡아서 도움을 받을 수 있는 바리스타로 일하시는 전문가를 만난다.

2. 세부 활동 계획

가. 활동 기간 : 7월 17일 금요일

나. 활동 인원 : 체험인원 10명, 관심인원 1명

다. 방문 기관 : 할리스 커피숍

라. 인터뷰 대상 : 이연선 바리스타

3. 기대 효과

가. 원래는 여러 가지를 두고 고민하며 관심을 가졌다면 지금은 바리스타가 있는 외식 관련에 많은 관심을 가지게 될 것이다.

나. 이런 활동이 많은 도움이 된다는 것을 깨닫게 된 계기가 되었고, 활동 후 이쪽 에 관련된 것들을 많이 알아 보게 될 것이다.

다. 이러한 활동을 통해 외식경영 쪽에 관심이 가서 외식 경영학과를 지향하는 쪽으로 될 것이다.

4. 활동 후 결과 보고서

가. 인터뷰 내용

Q1. 어떤 계기로 이 직업을 선택하게 됐나요?

A. 커피의 맛과 향을 좋아해서 카페도 자주 다니고 하면서 바리스타를 꿈꾸게 되어 선택하게 되었어요.

Q1. 전공과목이나 자격요건은 어떻게 되나요?

A. 요즘은 바리스타학과가 많이 개설되어 있어서 바리스타학과를 들어가 바리스타 자격증 2급과 1급을 따면 돼요.

Q1. 일을 하면서 보람을 느낀 경우는 언제인가요?

A. 손님들이 맛있다고 리액션 해주시면 만족감을 얻어요.

Q1. 이 일을 하면서 힘들다고 생각되는 점은 무엇인가요?

A. 많은 시간을 서서 일하고 다양한 손님들을 상대하니까 그 점이 힘든 것 같아요.

Q1. 이 직업의 매력은 무엇이라고 생각하시나요?

A. 여러 사람과 소통할 수 있고 라떼 아트를 그리는 게 매력이라 할 수 있어요.

Q1. 보수 및 만족도는 어느 정도인가요?

A. 초봉은 120만 원이고 능력(실력)에 따라서 오르고 가게를 차리면 더 수익을 얻을 수 있고 사람에 따라서 다른 것 같아요.

Q1. 이 직업을 준비하는 청소년에게 해주실 말씀은 무엇인가요?

A. 바리스타가 지금 선망직업으로 떠오르고 있어 편하고 좋을 것 같지만 해보면 손님 상대나 청소, 그리고 서 있는 일도 많고, 그외의 일도 많기 때문에 힘들기도 하죠. 그래서 좋은 것만 보고 하지 말고 단점도 감안해서 하는 것이 좋을 것 같고 밝고 긍정적인 성격을 지니고 일하면 좋겠어요.

커피와 관련된 강의!!! (모두 집중하는 모습!)

나. 체험 활동 소감문

이 직업을 관심가지고 있기는 했지만 체험도 하고 인터뷰도 하면서 더욱 흥미를 가지게 됐고 인터뷰한 뒤로는 더 많은 정보를 검색해서 정보를 얻으며 바리스타란 직업에 나는 많은 매력을 느껴서 더더욱 관심을 가지고 이 직업을 내 진로로 정할 수 있는 계기가 되었다.

그리고 진로 인터뷰를 하면서 자기 스스로가 연락하고 시간을 조율하는 것이 자기주도적인 모습을 끌어내는 것 같아 더욱 나에게 와 닿고 도움은 배로 되는 듯한 느낌을 받았다.

나는 어렸을 때부터 요리 관련 직업들이나 정보에 관심이 많았고 요리하는 것을 좋아하고 즐겨 다양한 요리를 배우고 나만의 방식으로 나만의 색을 창조하고 싶어 외식 경영학을 꿈꾸게 되었고 이런 활동으로 한 걸음 나아간 것 같아서 뿌듯하고 좋은 경험이었다.

바리스타 직업 체험기 (커피 내리기)

고객과 만나는 가장 가까운 자리를 다녀와서

박소연

1. 목적

가. 서비스업에 관련된 직업을 알아본다.

나. 은행원의 업무를 관찰한다.

다. 은행원을 직접 인터뷰하며 서비스에 대해 알아본다.

2. 필요성

가. 서비스업에 대해 궁금했던 점을 알 수 있다.

나. 은행원이라는 직업을 좀 더 구체적으로 알 수 있다.

다. 은행원을 관찰함으로써 서비스업을 실제로 느낄 수 있다.

3. 세부 활동 계획

가. 활동 기간 : 2015년 7월 20일 오후 2시

나. 활동 인원 : 1명(박소연)

다. 방문 기관 : 영광 농협

라. 인터뷰 대상 : 영광 농협 은행원

4. 기대 효과(활동 후 변화)

가. 서비스업이 예상한 것보다 훨씬 힘든 일임을 알게 되었다.

나. 서비스업에 종사하기 위해서는 어떠한 마음가짐이 필요한지 알

게 되었다.

다. 서비스업이 가지고 있는 특성을 잘 알게 되었다.

4. 활동 후 결과 보고서

가. 인터뷰 내용

Q1. 하시는 주요 업무는 무엇인가요?

A. 빠른 창구 업무라고 하는 간단한 입출금 거래부터 시작해서 통장, 카드, 예금, 적금, 펀드, 해외송금, 환전 등 다양한 업무를 보고 있어요.

Q2. 이 직업을 갖기 위해 어떤 준비를 하셨나요?

A. 일단 학교생활을 충실히 하는 게 기본이고 펀드 투자 상담사든지 회계 같은 은행에 관련된 공부를 좀 했어요.

Q3. 직업에 대해 가장 만족하시는 때는 언제인가요? 혹시 만족하지 못하시다면 그 이유는 무엇인가요?

A. 내가 가장 만족할 때는 뭐니 뭐니 해도 고객이 내 업무처리를 정말 만족스러워하고 고맙다는 표현을 해주었을 때요. 그럴 때면 피로가 풀리는 기분도 느껴요.

Q4. 힘든 때는 언제인가요?

A. 민원 발생 시 너무 힘들어요. 모든 회사가 똑같을 거라 생각하지만 은행도 역시 불만을 갖고 있는 사람과 대화를 하기란 정말 힘든 것 같아요. 가끔 울 때도 있어요.

Q5. 이 직업을 선택한 동기는 무엇인가요?

A. 이 직업이 현실적인 면으로 볼 때 안정적이고 보수적이라 생각해서 지원해 들어 왔지만 들어와 보니 배울 것이 많아 점점 자기계발을 할 수 있는 점도 좋더라구요.

Q6. 이 직업을 가지려면 어떤 공부를 더욱 많이 해야 하나요?

A. 일단 시험을 통과해야 하니까 인적성검사랑 직무수행능력평가 준비는 기본적으로 해야 하고 금융관련 자격증이 있으면 더더욱 좋고(가산점) 펀드, 파생 상품 등. 그리고 은행이다 보니 면접이 중요하기 때문에 단정한 용모, 신뢰가는 이미지, 예의바른 말투는 평소에 습관화하는 것이 좋아요.

Q7. 이 직업을 희망하는 학생에게 하고 싶은 말씀은 무엇인가요?

A. 새로운 일을 배우는 것에 대해 힘들다는 생각보단 즐겁다는 생각을 했으면 좋겠고 힘든 일이 있더라도 항상 웃을 수 있는 넓은 마음으로 열심히 하면 좋겠어요.

Q8. 인터뷰를 한 후 소감 한 말씀 부탁드려요.

A. 학교 다니던 시절 저도 인터뷰 비슷한 걸 해달라고 했던 기억이 새록새록 나서 재밌기도 하고 그때 꿈꾸던 일을 하고 있다는 것이 신기하기도 해요.

나. 체험활동 사진

다. 체험활동 소감문

인터뷰 대상으로 중학교 선배를 다시 만나게 되어 반갑기도 했고 꿈을 이루었다는 것 자체에 존경스러운 마음이 들었습니다. 고객을 대하는 일이 상당히 어려운 일임에도 불구하고 많은 인내심을 가지고 고객을 대하는 것이 대단하다고 느꼈습니다. 그리고 사소한 것에도 만족해하고 뿌듯해 하는 것을 보고 서비스업에 종사하면서 소박함을 느낄 수 있다고 생각했습니다. 서비스업은 고객을 대하는 것뿐만 아니라 그에 알맞은 업무도 처리해야 해서 복잡하고 힘든 일이라는 걱정도 들었지만 그 일을 잘 이루어 해냈을 때 성취감을 느껴보고 싶다는 생각을 가장 많이 했습니다.

나의 꿈을 찾아서-사회복지사

송수경

1. 목적

가. 사회복지사에 대한 정보를 얻는 것을 목적으로 한다,

나. 자신을 포함한 앞으로 진로가 사회복지사가 희망인 학생들에게 사회복지사가 어떤 일을 하며 이 직업의 장점, 이 직업을 진로로 갖기 위해서 필요한 마음가짐, 자격증 취득 과정, 사회복지학과에 가면 배우는 것들, 이 직업의 장단점, 앞으로의 전망 등등을 알아보는 것을 목적으로 한다.

다. 사회복지사를 인터뷰함으로써 실제 근무 환경, 이 일을 하면서 느끼는 보람이나 가장 기억에 남았던 일, 힘들었던 일, 즐거웠던 일 들을 직접 듣는 것을 목적으로 한다.

영광 사회복지센터(난원)-외관 모습

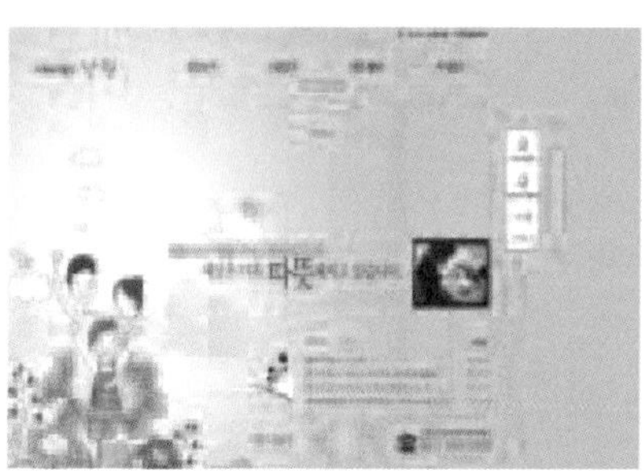

난원 홈페이지

2. 진로 인터뷰 내용

본 인터뷰는 영광 사회복지센터(난원) 사무실에서 이루어졌습니다.

Q1. 이 직업을 선택하시게 된 동기가 무엇인가요?

A. 사람이라고 하면 사람과 어울릴 줄 알고 서로 도와주는 것이 가장 중요하다고 생각했는데 가장 인간적이고 가장 사람다운 학문이 사회복지학이 아닌가 하는 생각이 들어서 사회복지학과를 선택했습니다.

Q2. 사회복지사가 하는 일은 무엇인가요?

A. 사회복지는 사회적인 문제를 사회구성원들이 함께 힘을 합쳐 노력하여 해결하는 겁니다.

또 우리가 사회적으로 어려움에 처한 사람들을 가만히 보면, 경제적으로 힘들거나 신체적으로 힘들거나 심리적으로 힘들거나 하신 분들이 있는데 이러한 분들을 전문가인 사회복지사 중심으로 지역의 여러 사람들이 힘을 합쳐서 이러한 어려움들을 해결해 나아가는 것이 사회복지입니다.

Q3. 이 일을 하신 지 얼마나 되셨는지요?

A. 한 20년 정도 됐습니다.

Q4. 지금 하시고 계신 일에 만족하는지요?

A. 세상에 자기가 하는 일에 100% 만족하는 사람은 없습니다. 하지만 80% 이상은 만족할 만큼 이 일에 만족감을 갖고 즐겁게 일하고 있습니다.

Q5. 이 일을 하기 위해서 가져야 할 마음가짐은 무엇일까요?

A. 흔히들 이런 일을 하는 사람들은 천사 같은 마음가짐 이야기를 많이 하는데 그런 것도 중요하긴 하지만 가장 중요한 것은 끈기와 열정인 것 같아요. 남들보다 무엇인가를 계속 찾아내려고 하고 어려운 사람들을 도와주려고 하는 열정, 두 번째로는 중도에 포기하지 않고 끝까지 어려움을 해소해 주려고 하는 근성 물고 늘어지는 근성이 있어야 하지 않나 라고 생각합니다.

Q6. 이 직업의 장단점은 무엇인가요?

A. 우선 사회복지 하면 주변사람들의 어려움을 도와준다는 생각에서 사회복지 하는 사람들은 천사여야 한다 생각하는데 사회복지사들도 사람이거든요 그래서 천사로만 바라보는 그 모습이 좀 부담스럽고, 반대로 장점은 이 직업을 하고 있으면 다양한 사람들을 만날 수 있어요. 사람 좋아하는 사람들은 사회복지처럼 좋은 것이 없을 것 같아요. 언제든 다양한 사람과 만날 수 있다는 것이 최고의 장점이라고 생각합니다.

Q7. 자격증 취득 요건과 과정이 어떤가요?

A. 여러 방법이 있는데 예전 같은 경우에는 사회복지 4년제 대학을 나오면 1급 자격증을 부여해 줬고 전문대를 나오면 2급 자격증을 주었고, 연수원이라 해서 6주 과정을 거치게 되면 3급 자격증을 주었는데요. 지금은 통합이 돼서 전문대학이나 4년제 대학을 나오면 2급자격증을 줍니다. 그리고 1년 이상의 실무 경력을 쌓으면 1급 자격증 도전 자격이 주어집니다. 시험에 합격하면 1급 자격증을 소유할 수 있습니다.

Q8. 현장실습을 할 때는 어떤 것이 필요할까요?

A. 일단은 자신이 어떤 마음을 가지고 실습에 임하는지가 가장 중요

하다고 생각합니다. 실습은 자신이 직접 사회복지를 한다고 생각하고 오는 것이니까 배우려는 자세, 힘들고 어려워도 하려는 자세, 이런 자세로 임한다면 힘든 일은 없을 것이라고 생각합니다. 한 가지 더, 기본적인 예의를 갖추는 자세도 필요하다고 생각합니다.

Q9. 사회복지사는 어떤 종류로 나누어지나요?

A. 사회복지학에 따라서 여러 종류로 나뉘는데 크게 노인복지, 장애인복지, 아동복지, 청소년복지, 여성복지, 지역복지 이렇게 크게 나눌 수 있습니다. 더 깊숙이 들어가면 더 여러 가지로 나눌 수 있습니다.

Q1. 이 일을 하면서 가장 기억에 남았던 일은 무엇인가요?

A. 이 일을 하면서 도와드리는 분들이 점점 희망과 즐거움을 찾아가고 형편이 나아지는 모습을 볼 때 보람을 느끼고, 두 번째로는 주변 지역 주민들이 이러한 일에 함께 참여하여 주실 때 아직 이 세상이 따뜻하구나 라고 느낍니다.

Q10. 사회복지사의 앞으로의 전망은 어떤가요?

A. 사회복지의 앞으로의 전망은 밝다고 생각합니다. 하지만 지금 사회복지사를 양성하는 과정이 너무 난잡하다고 생각합니다. 그러니 사회복지사 양성 과정이 좀 더 체계적으로 변하면 좋겠습니다.

Q11. 사회복지사를 희망하는 학생들에게 해주고 싶은 조언이 있으신가요?

A. 사회복지에 대하여 선입견을 가지지 않았으면 좋겠습니다. 예를 들어 사회복지는 돈 있는 사람만이 할 수 있는 일이 아닌가? 이

일을 하려면 희생정신 봉사정신이 투철해야 하는 것 아닌가? 라는 선입견을 가지지 않았으면 좋겠습니다. 물론 기본적인 예의와 인간적인 품성이 있어야 합니다. 그리고 가정, 학교 같은 곳에서 기본적인 인간관계를 형성하는 것도 필요합니다.

3. 인터뷰를 하고나서 느낀 점

검색을 하여 사회복지사가 하는 일을 알아보는 것보다 직접 사회복지사를 찾아가 인터뷰를 해 보니 평소에 사회복지사에 대하여 궁금했던 점들을 물어 볼 수 있어서 더 좋았다. 사람들이 사회복지사는 천사 같아야 한다는 선입견을 가지고 사회복지사들을 바라보는 것에 대하여 부담을 느끼는데 나도 그렇게 생각한다. 사회복지사들도 우리와 같은 사람인데 사회복지사는 봉사정신, 희생정신이 투철해야 하고 천사 같아야 한다. 라고 생각하면서 바라본다면 사회복지사들은 자신들이 좋아서 이 일을 하고 있는 것인데 주위 사람들의 선입견에 맞춰서 일을 해야 할 것 같은 생각이 들어서 많은 부담감을 느낄 것 같다.

그리고 사회복지는 그냥 노인들이나 몸이 불편한 사람들을 돌보는 일이라 생각하고 쉽게 이 직업을 선택하는 사람들도 있을 것이다. 하지만 인터뷰를 하면서 이 일을 하기 위해서는 진심으로 사람들을 도우려는 마음가짐, 끈기, 열정 등등이 필요하다는 것을 깨닫게 되었다.

앞으로 사회복지사를 자신의 진로로 희망하는 학생들이 있다면 자신이 진정으로 이 일을 하고 싶은지에 대하여 잘 생각해 보고 결정하기를 바란다.

04 법률

견리사의(見利思義)

– 순자

안중지인(眼中之人) - 애오라지

김드보라

1. 목적

가. 변호사가 자신이 생각한 것과 다르지는 않은지 확인해 보기 위해
나. 변호사는 실제적으로 무슨 일을 하고 변호사가 되기 위해 무엇을 준비해야 하는지 알아보기 위해
다. 변호사가 흥미와 적성에 맞는지, 실현가능한지 알아보기 위해

2. 세부 활동계획

가. 활동기간 : 2015. 7. 17(금)
나. 활동인원 : 1명(김드보라)
다. 방문기관 : 청소년문화센터
라. 인터뷰 대상 : 기효진 변호사(영광군청 소속)

3. 기대효과

가. 진로에 대해 더욱 확신을 가질 수 있다.
나. 변호사가 되기 위해 필요한 준비를 알고, 실천할 수 있다.

4. 활동 후 결과 보고서

[애오라지 편] * 애오라지 : 마음에 부족하나마, 그저 그런대로, 겨우, 오로지

오늘 만나볼 직업 변호사

안녕하세요, 오늘 만나보실 직업은 '변호사' 입니다. 변호사 하면, 똑똑하고 잘난 사람들만 가는 직업, 딱딱하고 어려운 직업이라고 생각하시죠? 실제 어떤지 김드보라 기자가 취재해 보았습니다.

영광청소년문화센터 정면

오늘 만나볼 변호사는 영광군청 소속 기효진 변호사님입니다. 개인 사무실이 없는 관계로 청소년문화센터에서 만나게 되었는데요. 우선, 변호사님이 하시는 일이 무엇인지 여쭤보았습니다.

"저는 개인변호사가 아니라, 군청에 소속되어 있기 때문에 일반변호사가 하는 개인법률상담 외에 다른 일 세 가지를 합니다. 먼저, 군청이나 군의 소송을 준비하고요, 두 번째로 군수님이 영광군법을 만드시려고 할 때 그 법이 상위법에 어긋나지 않는지 심사를 합니다. 법을 만드시려 할 때 공문으로 보내주셔서 그걸 보고 점검해 보는 거죠. '법제 심사' 라고 하죠. 마지막으로, 공무원들이 저에게 이 법의 뜻이 무엇이냐, 그러니까 해석을 어떻게 하는지 물어볼 때가 있습니다. 그럴 때 도와주고, 처음에 말했듯이, 개인법률상담도 해 줍니다."

변호사에 대한 설명을 들은 후, 본격적으로 인터뷰를 시작했습니다.

영광청소년문화센터 후면

Q1. 추천해 주고 싶은 학과가 있나요?

A. 변호사가 되기 위해 이 학과를 가야 된다, 그런 건 없고요. 그냥 원하는 데로 가면 됩니다.

ㅡ. 그래도 변호사 생활하다보면 이런 거를 전공하면 좋다, 그런 거 있지 않나요?

ㅡ. 변호사 생활에 아무 지장 없으니 원하는 데로 가면 됩니다.

Q1. 추천하고 싶은 대학이 있나요?

A. 제가 추천하면 거기로 갈 건가요?

– 반드시 그런 건 아니지만, 그 쪽으로 가기를 지향한다는 거죠.

그럼, 당연히 서울대를 추천하죠.

+Q. 아, 그러면 로스쿨 있잖아요. 어느 대학이나 배우는 내용은 같나요?
대학교는 어디 학교에는 이 학과가 있는데 저 학교에는 없고 그렇잖아요. 로스쿨도 그러나요?

A. 모든 로스쿨이 다 특성화돼 있습니다.

-. 아, 그러면 별반 차이 없나요?

-. 네.

(출처- 네이버 이미지)

Q1. 변호사가 되기 위해 필요한 능력이 있나요? 변호사 시험 합격 이런 거 말고, 성격이 좋아야 한다거나, 이런 거요.

A. 능력이 딱히 필요한 건 아니고요. 뭐, 성격 좋으면 좋겠죠. 사람들과 만나야 되니까. 그런데 변호사는 흔히들 말을 잘 해야 한다고 생각하잖아요. 그렇지 않고요. 말 못하는 사람이면 글로 쓰면 돼요. 아, 글을 써야 되니 어휘능력이 필요하겠네요. 표현을 잘 해야 하니까요. 소설 쓰라는 건 아니고요. 하여튼 글을 잘 쓰면 변호사 할 때는 유리하겠네요.

Q1. 변호사가 되려는 학생에게 추천하고 싶은 책 같은 거 있나요?

다 읽으세요. 책 아무거나 다 읽으세요.

기효진 변호사님이 일하시는 모습

Q1. 변호사 하면서 보람 있었던 순간이 있나요?

A. 음…… 이런 상황이 있어요. 소송을 하는데 위축되어 있는 사람이 있고, 당당한 사람이 있어요. 위축돼 있는 사람은 법적으로 보면 유리한데, 법을 잘 몰라서 그러고, 당당한 사람은 불리한 상황인데 법 좀 알고 있다고 큰 소리 치는 거죠. 하지만 간단한 조치만으로 위축돼 있는 사람을 도와줄 수 있어요. 그래서 상황이 역전될 때, 그럴 때 보람을 느끼죠.

Q1. 힘든 순간은 언제인가요?

A. 고등학교 때는 정말 지옥 같았어요. 선생님이 조용히 하라고 안 해도 그냥 조용히 공부하는 곳이었어요. 시험기간만 되면 그 분위기는 대박이에요. 숨을 못 쉴 정도로 답답할 정도였죠. 공부가 정말 재미없었어요. 대학교 때는 그냥 놀았죠. 보통 1~2학년 때는 놀아요. 그런데 졸업반이 되니까 막막해지더라고요. 남들 4년 한 공부를 1년에 다 해야 되니 정말 힘들었죠. 또 진로는 어떻게 할

지 고민도 됐고요. 지금 보면 귀여운 고민이었죠. 그때는 정말 심각했는데. 변호사 하는 지금도 힘들어요. 나중에 보면 이것도 귀여운 고민이겠지만, 지금이 제일 힘들어요.

(출처-네이버 이미지)

Q1. 변호사 종류가 어떻게 되나요? 무슨 상법, 지식재산권, 이런 쪽 전문변호사 있잖아요. 이혼전문변호사 같은 거요.

A. 민법만 해도 종류가 많아요. 그 중 의학전문변호사라고 있는데, 어떻게 그렇게 되는 거냐면 이런 거예요. 의료사고가 났어요. 아기가 음료수 병 안에 들어 있는 농약을 마셨어요. 다행히 그 순간 엄마가 봐서 아기가 농약을 먹은 걸 알고 응급실로 가서 의사한테 아기가 농약을 먹었다고 했어요. 근데 아기가 별 증상이 없으니까 놔뒀죠. 응급실은 아기 말고도 머리가 깨진 사람, 다리 부러진 사람 등 더 심각한 상황의 환자들이 많으니까 아기한테 신경 쓸 여유가 없죠. 그런데 그날 저녁 아기가 중환자실로 옮겨지고 다음날 죽었어요. 엄마는 의료사고 소송을 냈죠. 근데 의사 측에서는 필요한 조치를 다 취했다고 주장하죠. 이런 소송은 보통 의사들이 유리한 편이예요. 만약, 이때 의학지식이 있는 변호사라면 진료차트를 보고 무슨 조치를 안했는지 알 수가 있겠죠. 그래서 사건을

해결하게 되면 소문을 듣고 사람들이 찾아오는 거예요. 의료사고 소송하려 하는데, 도와달라고요. 그러면 의학전문변호사가 되는 거예요. 그니까 그 지식에 대해 잘 알고 있으면, 그 쪽 전문변호사가 되는 겁니다.

Q1. 변호사님의 봉급은 얼마나 되나요? 군청소속이라 사건해결과 관계없이 일정하게 받나요?

A. 네. 공무원들처럼 돈을 받습니다. 그런데 액수는 공무원들보다 많죠.

Q1. 변호사님은 언제 쉬시나요?

A. 주말마다 쉽니다. 개인 변호사들은 일이 끝나야 쉴 수 있는데, 저 같은 경우는 주말이면 쉽니다.

(출처-네이버 이미지)

Q1. 법정에서 가해자를 어떻게 변호하나요? 무죄라고 하기는 무리고 형을 줄이는 쪽으로 가나요?

A. 그렇죠. '한 번만 봐주십쇼. 어쩔 수 없는 상황이었습니다. 이런 상황이면 누구나 이랬을 겁니다. 한 번만 용서해주십시오.' 이런 식으로 하는 거죠.

이상으로 인터뷰를 마쳤고요. 협조해 주신 기효진 변호사님, 감사합니다.

다음 호에서는 '사서'에 대해 알아보겠습니다.

취재 | 김드보라 기자(영광고 2학년)

○●○ 인터뷰를 인터뷰하다

인터뷰한 사람을 반대로 인터뷰해 보는 '인터뷰를 인터뷰해 보다' 시간입니다.

오늘은 변호사를 취재한 김드보라 기자를 인터뷰해 보겠습니다.

Q1. 변호사님을 인터뷰하기 전과 한 후의 차이가 있나요? 어떻습니까?

A. 인터뷰 전에는 변호사라는 직업이 참 막막했어요. 인터넷을 찾아보기는 했지만, 내 궁금증은 해결되지 못했고, 다 잘나고 명석한 애들이나 변호사 되는 건데, 내 주제에 너무 높은 거 아니야? 싶어서 포기할까 생각도 했어요. 그러다가 동아리에서 직업 인터뷰를 한다고 해서 이 기회에 해보자, 싶었습니다. 인터뷰 때, 변호사님이 특별한 능력 없어도 누구나 변호사가 될 수 있다고 하셔서 저에게 큰 위로가 되었습니다. 변호사에 대해 좀 더 다가갈 수 있는 용기가 생긴 것 같아요.

Q1. 평소 생각했던 변호사와 실제 만나본 변호사와는 어떤 게 달랐나요?

A. 우선, 학벌이요. SKY대는 기본적으로 나와야 될 줄 알았는데, 기효진 변호사님은 아니시더라고요. 앞에서 변호사님이 누구나 변호사가 될 수 있다는 말에 위로를 받았다고 했는데, 여기서도 위로를 받았어요. 무조건 수도권 좋은 대학을 가야 된다는 부담감이

좀 줄어들었죠.

Q1. 인터뷰를 해보니 변호사라는 직업에 대해 더 다가갈 수 있는 용기가 생겼다고 했잖아요. 진짜 변호사가 될 생각인가요?

A. 인터뷰 직후에는 그랬죠. '나도 될 수 있다.' 라는 희망이 생겨서 더 되고 싶은 마음이 들었어요. 법 동아리에서 활동도 했겠다, SKY대 가야 된다는 부담감도 줄어들었겠다, 혹시 변호사 될지도 모른다고 생각했어요. 그런데 일주일쯤 지나고 난 후, 부모님과 선생님의 조언을 듣고 사서가 되기로 했어요. 왜냐하면 사실, 변호사는 강압적으로 돼야 한다는 의무감이었고, 원래는 예전부터 사서가 되고 싶었거든요. 꿈을 변호사로 정한 후에, 내 기억 속 숨어 있던 사서라는 꿈이 다시 떠올랐어요. 변호사를 해야 되나, 사서를 해야 되나 반 년 내내 고민했었어요. 그런데 내 적성에 맞고 좋아하는 것을 하라는 조언 덕분에, 잠재적으로 되고 싶었던 사서가 되려고요.

변호사를 취재했지만, 사서로 진로를 바꾸게 되었군요. 꼭 꿈을 이루길 바라면서, 이상으로 '인터뷰를 인터뷰하다' 를 마치겠습니다.

취재 | 안중지인(眼中之人) 편집장

영광은 내가 지키의리!

오주연

1. 목적

가. 진로에 대하여 더 자세히 아는 것을 목적으로 한다.

나. 진로 선택에 있어 좀 더 확실한 정보를 얻는 것을 목적으로 한다.

다. 꿈을 이루기 위해 어떤 노력을 해야하는지 아는 것을 목적으로 한다.

2. 세부 활동 계획

가. 활동 기간 : 2015년 7월 17일

나. 활동 인원 : 친구와 함께

다. 방문 기관 : 영광 경찰서

라. 인터뷰 대상 : 영광 경찰서에서 일하시는 이주동님

3. 기대 효과(활동 후 변화)

가. 자격증 준비를 미리 하게 됨

나. 이 직업에 대하여 자부심을 느끼게 됨

다. 직업에 대하어 더욱 흥미를 가지는 계기가 됨

4. 활동 후 결과 보고서

가. 인터뷰 내용

Q1. 어떤 계기로 이 직업을 선택하게 됐나요?

A. 어릴 적부터 남들을 돕고 싶어서 선택하게 되었습니다.

Q1. 전공과목이나 자격요건은 어떻게 되나요?

A. 무도 자격증을 포함한 각종 법 관련 지식이 필요합니다.

Q1. 일을 하면서 보람을 느끼는 경우는 언제인가요?

A. 어려운 사람들이 도움을 받고 기뻐하는 모습을 볼 때입니다.

Q1. 이 일을 하면서 힘든 점은 무엇인가요?

A. 야근이 잦아 가족들과 시간을 많이 보내지 못하는 점이 가장 힘듭니다.

Q1. 이 직업의 매력은 무엇이라고 생각하나요?

A. 여러 사람을 만날 수 있다는 것이라고 생각합니다.

Q1. 보수 및 만족도는 어느 정도 되나요?

A. 공무원의 보통 월급이나 직업 안정성 측면에서 만족합니다.

Q1. 이 직업을 준비하는 청소년에게 해주실 말씀이 있으신가요?

A. 모범적인 모습으로 자격증을 취득하여 꿈을 이루기 바랍니다.

나. 체험활동 소감문

경찰이라는 직업에 대하여 자세히 알고 경찰을 하면서 어떠한 것들이 힘들고 보람찬 일인지를 알게 되었으며, 앞으로도 경찰이라는 꿈을 포기하지 않고 열심히 노력하여 멋진 경찰이 될 것이다.

05 책

영혼의 기쁨이여

– 재퍼슨 도서관

안중지인(眼中之人) - 늘품

김드보라

1. 목적

가. 사서는 실제적으로 무슨 일을 하고 사서가 되기 위해 무엇을 준비해야 하는지 알아보기 위해

나. 평소 사서에 대해 궁금했던 점을 알아보기 위해

다. 사서가 적성에 맞고 좋아할 수 있는 직업인지 알아보기 위해

2. 세부 활동계획

1) 사서인터뷰

가. 활동기간 : 2015. 7. 25(토)

나. 활동인원 : 1명(김드보라)

다. 방문기관 : 영광공공도서관

라. 인터뷰 대상 : 강윤희 사서

2) 학과탐방

가. 활동기간 : 2015. 7. 29(수)

나. 활동인원 : 3명(김드보라, 이예진, 이두나)

다. 방문기관 : 전남대학교 문헌정보학과

라. 인터뷰 대상 : 여진원 조교

3. 기대효과

가. 진로에 대해 더욱 확신을 가질 수 있다.

나. 사서가 되기 위해 필요한 준비를 알고, 실천할 수 있다.

4. 활동 후 결과 보고서

[늘품 편]　* 늘품 : 앞으로 좋게 발전할 품질이나 품성

오늘 만나볼 직업 사서

안녕하세요, 오늘 만나보실 직업은 '사서'입니다. 도서관에 가면 늘 계시는 분들, 어떤 일을 하는지 궁금하지 않으셨나요? 그래서 영광공공도서관의 강윤희 사서를 만나 사서가 어떤 일을 하는지 여쭤보기로 했습니다. 취재에 김드보라 기자입니다.

영광공공도서관 정면

7월 25일 토요일 오후, 영광공공도서관의 어린이자료실에서 강윤희

사서님을 만나게 되었는데요. 어린이자료실이라 그런지 약간 소란스럽고 아이들이 책을 읽고 간 흔적들이 남아 있었습니다. 그걸 보니, 평소 사서님들의 고충이 느껴졌습니다. 이런 가운데, 사서님과 인터뷰를 하게 됐습니다.

Q1. 사서가 하는 일은 무엇인가요?

A. 우리 도서관에는 실제로 일을 하는 분들이 네 명 있어요. 자료실에 두 명, 사무실에 누 명 있는데, 자료실에 있는 사람들은 기본적인 업무가 도서 대출/반납이겠죠? 그거하고 자료실에서 하는 독서프로그램이 있어요. 그런 프로그램들을 운영하고 기획하고, 계속 새로 바뀌는 것들. 행사 하나 끝나면 다른 행사를 하고 계속 이어지거든요. 끊임없이 준비하는 거예요.

어린이 자료실 내부 책들

Q1. 책에 대해 해박하게 알아야 하나요?

A. 알면 좋아요. 왜냐하면 사람들이 이런 거와 관련된 책이 어디 있

죠? 이런 거 물어볼 때는 도움이 되죠. 그게 대학교 때 기본적으로 배우는 것이기 때문에. 책의 분류가 주제별로 되어 있는 이유가 사람들이 어떤 책을 찾을 때 한 권만 찾는 게 아니라 그 주제에 대해 방대하게 알고 싶으면 그 주변에 비슷한 책들이 모여져 있으니까 찾기가 쉽잖아요. 그래도 우리도 모든 작가는 몰라도 어떤 작가는 어디 분야에 대해 유명하다, 이런 거는 한 명 정도는 알 수 있겠죠? 그런데 소수의 분야 같은 경우 알기가 힘들죠.

+Q. 만약에 사람들이 찾고 있는 책이 어디 있는지 모르면 어떡하죠?

A. 요즘에는 인터넷이 발달되어 있으니까, 검색하면 돼요.

–. 그 코드번호는 모르잖아요.

–. 작가 이름이 나오잖아요. 그걸로 찾으면 돼요.

Q1. 사서공무원을 하다가 학교사서를 한다거나, 학교사서를 하다가 사서공무원이 될 수 있나요?

A. 아니요, 그럴 수는 없어요. 그러려면 다시 시험을 봐서 들어가야 돼요. 그리고 학교사서는 대우가 더 좋기 때문에 사서공무원으로 옮길 마음은 안 들 거예요.

Q1. 사서자격증 급에 따라 달라지는 게 있나요?

A. 1급 정사서가 있고요. 2급 정사서, 준사서가 있어요. 대우가 다르지는 않고 기본적으로 공무원 시험을 볼 때 2급 준사서 이상의 자격을 갖춰야 돼요. 2급 준사서는 문헌정보학과를 졸업하면 자격증이 발급되고요. 사서 일에서는 크게 다르지 않아요. 특별히 국가기록원이나 이런 데서는 1급 정사서를 원하고 있어요. 박사학

어린이 자료실 내부 모습

위를 취득하고 경력도 어느 정도 이상이어야 1급 정사서 자격증을 줘요.

Q1. 점자문헌정보과를 졸업하면 점자도서관으로 가게 되겠죠? 그러면 일반도서관으로는 못 가나요?

A. 아니요. 갈 수 있어요. 똑같이 문헌정보과 내용을 배우니까요. 점자도서관에선 당연히 점자문헌정보과를 졸업한 사람을 뽑으려고 하겠죠. 점자를 할 줄 아니까요.

Q1. 일요일에 쉴 수 있어요?

A. 쉴 수 있어요. 교대로 근무하기 때문에.

ㅡ. 그럼 쭉 쉴 수는 없겠죠?

ㅡ. 휴가를 내면 돼요. 그런데 정해진 휴가일수가 있어요. 일정을 잡아서 쓰면 되는데, 저 같은 경우는 15일이에요. 한 달에 두 번, 한 번 정도? 그래도 주말에 안 쓰고 여름휴가철에 쓰는 편이죠.

ㅡ. 만약에, 일요일에 꼭 쉬어야 돼서 토요일에 계속 근무한다면 쉴

수 있나요?

–. 그럼 안 되죠. 사람이 양심이 있어야지. 다른 사람들도 일하는데, 그러지는 않아요.

Q1. 사서할 때 힘든 점은 무엇인가요?

A. 아까 말했다시피, 우리가 가장 많이 해야 하는 일이 대출반납이 아니고, 프로그램 기획이에요. 아이디어를 생각해내고, 도서관을 홍보하고, 책을 활용할 수 있도록 해야 하기 때문에 활용방안을 생각하기가 많이 힘들죠.

강윤희 사서님과의 인터뷰 장면

Q1. 보람 있을 때는 언제인가요?

A. 사람들이 프로그램이 좋다고 해줄 때, 그때 보람을 느끼죠.

Q1. 사서의 출퇴근 시간은 어떻게 되나요?

A. 저희 도서관은 오전 9시부터 6시까지 열어요. 사서들은 9시 이전에 와서 준비하고, 종합자료실은 저녁 7시까지인데, 돌아가면서 하죠.

어린이 자료실 외부 모습

Q1. 사서의 퇴직 시기는 언제인가요?

A. 저희는 사서공무원이잖아요. 공무원이니까 만 60세에 하죠. 학교 사서도 마찬가지고요.

Q1. 사서가 되고 싶은 학생들에게 해주고 싶은 조언은 무엇인가요?

A. 사서가 단순히 대출반납을 하는 게 아니라는 점. 그래서 직접 현장에서 근무할 때 괴리감을 느낄 수도 있어요. 그리고 사서는 사람을 좋아해야 돼요. 행사 때나 이용자들과 대면하기 때문에 의사소통능력도 있어야겠죠?

ㅡ. 음, 그러면 사서에게 필요한 능력은 대인관계능력, 의사소통능력이겠네요.

ㅡ. 그렇죠.

ㅡ. 인터뷰를 통해 사서에 대해 궁금한 점을 시원히 해결할 수 있었습니다. 인터뷰에 응해주신 강 윤희 사서님, 감사합니다.

취재 | 김드보라 기자(영광고 2학년)

인터뷰 후기

인터뷰를 하고 나서 고민이 생겼습니다. 사서는 일요일 날 쉬긴 쉬어도 교대근무라 한 달에 두 번은 빠지게 됩니다. 저는 기독교인으로, 주일 날 예배에 꼭 참석해야 하거든요. 남들은 그럼 한 달에 두 번만 가면 되지 않냐 싶겠지만, 전혀 아니거든요. 주일 날 빠지는 것은 회사 출근 날, 무단결근 한 것과 비슷한 의미랄까요. 하여튼, 저는 공공도서관에서 일하고 싶었는데 주일에 못 쉬니 선택할 수 없어 아쉬웠습니다. 이 외에도 공공도서관에서 일하기가 망설여지는 이유가 있는데 프로그램 기획을 해야 하고, 진행해야 한다니 제가 잘 할 수 있을지 걱정이 되기 때문입니다. 원래 사서(사서공무원)의 업무가 이랬는지 몰랐는데 충격을 받았습니다. 이런 두 가지 이유로 공공도서관에서 일하기는 그렇고, 대학도서관은 어떨까 생각해 보고 있습니다. 대학도서관은 주말에 쉬고, 프로그램 기획 같은 건 안 해도 된다고 사서님이 말해 주셨기 때문입니다. 또, 언뜻 인터넷 기사 헤드라인을 보니 대학도서관 사서가 부족하다고 하고 공공도서관(혹은 국립도서관)은 일자리 나기가 쉽지 않다고 들어서, 대학도서관에 취직하기가 더 유리해 보였습니다. 대학도서관 사서가 부족하면 들어가기도 보다 쉬울 것입니다. 그래서 지금은 대학도서관 사서 쪽으로 생각해 보고 있습니다. 인터뷰를 안 했더라면 이런 생각도 못 했을 텐데, 공공도서관 사서님과의 인터뷰를 통해서 사서의 일에 대

해 정확히 알게 되고, 내가 사서 일을 할 수 있을지 알아볼 수 있어서 진로에 대해 명확히 설정할 수 있게 되었습니다. 다시 한 번 인터뷰에 응해 주신 사서님, 감사합니다.

출처 – 네이버 지식백과, 전남대학교 정문

톡톡! 학과탐방

이번 탐방학과 문헌정보학과

이번 학과탐방은 7월 29일, 전남대학교 문헌정보학과로 떠났는데요. 인터뷰 요청을 다행히 조교님께서 흔쾌히 수락하셔서 학과탐방을 할 수 있었습니다.

(출처-네이버 이미지, 전남대학교 사회과학대학)

Q1. 문헌정보학과에서는 무엇을 배우나요?

A. 문헌정보학과는 원래 도서관학과였어요. 1980년대에 전남대학교에서는 처음으로 도서관학과에서 문헌정보학과로 이름을 변경을 했는데, 지금 지식정보사회가 됐잖아요. 기존 도서관에 있는 도서관 학문에 더하여 정보를 어떻게 다룰 것인가? 도서관에서 하는

여진원 조교님과의 인터뷰 장면

업무와 정보학을 접목을 시켜서 정보를 어떻게 관리할 것인가? 크게 도서만 관리할 뿐 아니라 정보를 어떻게 관리할 것인지, 조직화할 것인지 그런 것들을 배워요. 구체적으로는 도서관 이용자들을 연구하는 것, 기록관리, 독서지도가 있고, 가장 주가 되는 것은 정보학이거든요. 정보 검색, 정보 관리, 정보 평가, 이런 것들을 한꺼번에 하는 융복합적인 학문이에요. 여러 가지 정보들을 다루는 학문이라고 할 수 있어요.

Q1. 문헌정보과 준비를 어떻게 하면 좋을까요? 성적이나 활동이요.

A. 성적은 전남대학교 입시자료실에 보면 나와 있고, 우리가 추가적으로 원하는 것은 책을 많이 읽는 것과 관련 자격증입니다. 정보처리라던가 워드프로세서라던가 컴퓨터와 관련된 자격증이 있으면 좋아요. 우리가 컴퓨터를 다루다보니까 컴퓨터를 좀 알 수 있어야 돼요. 그런 자질을 가지고 오면 더 공부하기 쉬워요. 그게 꼭 입시에 있어서 중요하지는 않아요. 근데 들어와서 공부를 하려면 그런 게 필요하고, 10년 전에는 졸업하기 전에 컴퓨터 자격증을

하나씩 따야 졸업할 수 있었어요. 요즘엔 그런 게 없어졌지만, 그 정도 컴퓨터와 관련이 있다. 활동은 보통 독서회 활동이나 이런 거 많이 하지 않아요? 그리고 자원봉사 이런 것도 해 놓으면 좋고, 면접에 플러스 되는 그런 기본적인 소양들 갖췄으면 좋겠고, 제일 중요한 것은 성적이겠죠. 성적이 많이 좌우하고 그건 부가적이고. 수시모집으로 하려면 학교 성적이 좋아야 되고요.

Q1. 문헌정보학과에 맞는 인재는 무엇이라고 생각하세요?

A. 가치 있는 정보와 가치 없는 정보를 구별할 줄 알아야 돼요. 정보가 엄청 많은데 쓸 수 있는 지식 정보인가? 가치 있는지 판단할 수 있는 능력이 있어야 돼요. 그리고 정보를 어떻게 잘 조직화할 것인가? 예를 들어서 우리는 분류하고 목록을 배우고 있어요. 도서관 자료 같은 것을 어떤 주제로 분류할 것인가? 어떻게 목록화할 것인가? 이런 사람이면 배우는데도 어려움이 없겠죠.

Q1. 문헌정보과가 다른 학교와는 다르게 전남대만에만 있는 것은 무엇인가요?

A. 저희는 일 년에 한 번 문정인의 날이라고 해서, 선배들이 와서 초청강연을 하는 게 있고, 수업시간에 졸업한 선배들이 특강을 해줘요. 일 학년 때 현장실습을 나가고요. 아, 유인물을 줄게요.(유인물을 주시면서) 여기 보면 매년 실습 나가는 거랑, 도서관 정보센터 탐방프로그램 운영하는 거, 취업멘토링 프로그램 운영하고 있다는 거, 학과전용으로 우리 도서관이라던가, 정보처리실이라던가, 개발실이라던가, 지식자원연구소가 있다는 것.

Q1. 추천 책 있으면 말해 주세요.

A. 여기, 유인물에 나와 있어요.

– 책, 문명과 지식의 진화사 _니콜하워드 저/ 송대범 역/ 플래닛미디어(2005)
– 독서의 역사 _알베르토 망구엘 저/ 정며진 역/세종서적(2000)
– (에코의 서재)알렉산드리아 도서관 _로이 매클라우드 저/ 이종인 역/ 시공사 (2004)
– 지상의 아름다운 도서관 _최정태/ 한길사(2011)
– 유럽의 책 마을을 가다 _정진국/ 생각의 나무(2010)
– (세계를 감동시킨 도서관 고양이)듀이 _비키마이런 · 브렛위터 저/ 배유정 역/ 갤리온(2009)
– 책과 독서의 문화사 _육영수/ 책세상(2010)

Q1. 문헌정보과를 졸업해서 할 수 있는 직업이 무엇이 있는지 궁금해요.

A. 여기 팜플랫에 나와 있는데, 사서, 사서교사, 기록 관리사, 고문헌 연구사, 서지학자, 독서지도사, 조사부 기자, 지식큐레이터, 교수 및 연구원, 정보 설계사, 정보분석사, 정보 검색사가 있어요.

특이한 것은 기록관리사라고, 2010년에 학과 대학원이 생겼거든요? 대학원을 이수해야 할 수 있는데 2년이에요.

+Q. 졸업하려 할 때 이 쪽으로 가고 싶으면 이쪽에 대해 더 배우고 저쪽으로 가고 싶으면 그 쪽으로 배우고 그러는 건가요?

A. 2학년 끝나고 심화학습을 하거든요. 그 때 본인이 듣고 싶은 과목을 더 배우면 돼요. 독서지도에 관심이 있으면 독서지도 쪽으로 배운다거나, 기록 관리 쪽으로 듣고 싶으면 기록관리 쪽으로 과목을 더 들으면 되고요.

Q1. 문헌정보학과는 대학 간판이 중요한가요?

A. 아니요, 그렇지는 않아요.

Q1. 다른 학과와는 다른 문헌정보학과의 매력이라면?

A. 여학생들이 오면 참 좋은 학과예요. 정말 내 아내나 내 딸이 직업을 가졌을 때 사서를 했으면 나는 좋겠어요. 왜냐하면 남녀차별일 수도 있는데 (사서가) 여성한테 어울리는 직업이라고 할까? 도서관에 여자 선생님이 있으면 그게 매력이 있고, 사회대에서는 (문헌정보학과가) 취업 질이 높아요. 이번에 광주 전남에 사서직 공무원을 뽑았는데, 거의 70~80% 전남대학교 출신이거든요. 광주 전남에 있는 공공도서관, 더 꿈을 크게 가지면 국립중앙도서관, 국회도서관, 다른 쪽으로 나가면 국가기록원, 다 동문선배들이 있고, 다 직접 일을 하기 때문에 그 쪽으로 나가면 좋을 것 같고. 솔직히 다른 학과 나오면, 다 메리트(merit)가 있겠지만, 사서가 정말 좋은 것 같아요.

+Q. 이과여도 문헌정보학과에 갈 수 있나요?

A. 할 수 있습니다. 저도 이과 출신이에요. 이과에서 문과학과 지원할 수 있으니까 가능하고, 문헌정보학과가 컴퓨터를 다룰 줄 알아야 되고 정보처리를 해야 되니, 이과에서 오는 게 더 좋습니다.

이상 여진원 조교님과의 인터뷰였습니다. 협조해 주셔서 감사합니다.

취재 | 김드보라 기자(영광고 2학년)

소감문

인터넷으로만 알 수 있던 정보보다 확실히 직접 전문인과의 대화를 하니, 학과에 대해 자세히 질문할 수 있어서 궁금한 점을 쉽게 해결할 수 있었고, 무엇보다 학과 관련 자료를 주시고 학과 프로그램까지 소개해 주셔서 큰 도움이 되었습니다. 진로도 사서뿐만 아니라 다른 직업군들도 알 수 있어서 그중 기록관리사나 대학교 사서를 해 보기로 결정했습니다. 일반사서를 하고 싶었지만, 주일엔 꼭 쉬는 직업을 선택해야 하기에 어쩔 수가 없었습니다. 기록관리사가 주말에 쉬는지는 모르겠으나, 확실한 건 대학교사서니 일단 그쪽으로 가보려고 합니다. 아는 사서님에게 여쭤보니 대학교사서는 주말에 쉬긴 하지만, 일반사서보다 더 고학력을 요구하고 교수와도 대면해야 된다고 하셔서 공부를 더 해야 할 것 같습니다. 또, 취업 준비할 때 사기업 준비하듯이 해야 된다고 하셔서 부담이 되긴 하지만, 나에게 맞는 일이라면 힘들어도 해낼 것이, 책 관리에 대해 더 심층적으로 할 수 있는 곳에서 일하고 싶어서 일반사서보다는 좀 더 윗선의 일을 해 보고 싶습니다.

어쨌든 가고 싶은 학교를 방문하는 것은 정말 의미 있고도 필요한 것인 것 같습니다. 막연하게 생각했던 것과 다른 부분이 있어서 그 학과에 진학했을 때 어려움이 없도록 학업 때문에 바쁘더라도 방문해 보면 좋겠습니다. 전남대학교에 갈 수 있을지 불확실하지만, 직접 학과 설명을 들으니 가고 싶은 욕구는 더 커졌습니다. 또한, 저 같은 경우 전남대의 문헌정보학과가 다른 학교에는 없는 학과전용 도서관도 있고, 직접 현장실습도 해보는 등 다양한 프로그램을 기획한다는 등의 고급정보도 들을 수 있었기 때문에 직접 가고 싶은 대학교를 찾아가는 것을 추천합니다. 처음에는 대학교를 방문해 조교님이나 교수님의 설명을 듣는 게 큰 도움이 되려나 생각을 했었는데, 이런 기회를 마련해 주신 박다운 선생님 감사하고, 인터뷰에 응해 주신 여진원 조교님, 감사합니다. 전남대학교 학과탐방이 너무 좋았기 때문에, 다음 겨울방학 때는 서울여대를 찾아가 보고 싶습니다.

박다으리으리 선생님과의 10문 10답!

정승민

1. 목적

가. 국어교육뿐만 아니라 글을 쓰는 것에 관련한 궁금한 것을 제대로 알아보기 위함을 목적으로 한다.

나. 인터넷으로는 찾아볼 수 없는 구체적인 것들을 직접 듣고 진로를 결정하기 위함을 목적으로 한다.

다. 국어 쪽에 관심이 있지만 아직 진로를 정하지 못했기에 조언을 받으며 진로를 결정할 때 참고가 될 것을 목적으로 한다.

2. 필요성

가. 늘 궁금했지만 미처 물어보지 못했던 것들을 알아봄으로써 그 직업의 장점과 단점을 파악할 수 있다.

나. 막연히 관심 있는 과목만 갖고 있는 상태에서 여러 것들을 질문함으로서 진로를 결정할 때 참고할 수 있다.

다. 여러 조언을 들을 수 있어 진로를 결정할 때 현명한 선택을 할 수 있다.

3. 세부 활동 계획

가. 활동 기간 : 2015.07.30

나. 활동 인원 : 1명

다. 방문 기관 : 영광고등학교
라. 인터뷰 대상 : 박다운 선생님

4. 기대 효과

가. 국어교육과에 진학하기 위해 필요한 정보를 얻을 수 있을 것이다.
나. 국어국문과와 문예창작과의 대한 내용과 취업에 대해 조금 더 자세히 알 수 있을 것이다.

5. 활동 후 결과 보고서

가. 인터뷰 내용

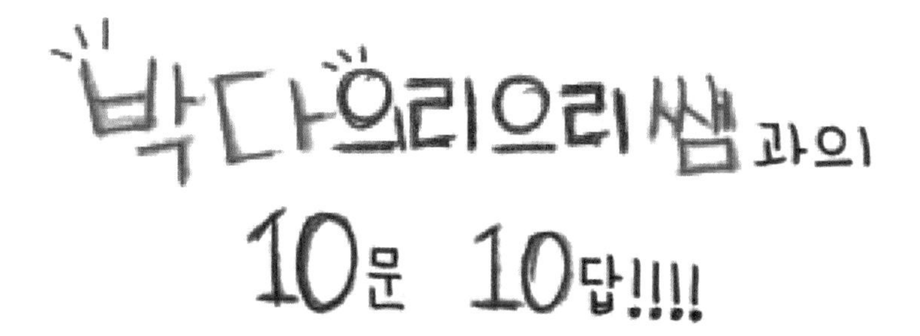

Q1. 사범대는 어떤 곳인가요?

A. 중등 교육을 할 수 있는 전문가를 양성하는 곳입니다. 주로 중학교, 고등학교 교사가 되거나 교육 전문가, 사교육, 교육 공무원 등으로 진출합니다.

Q1. 국어교육과에서는 주구장창 국어만 배우나요?

A. 국어교육과는 크게 (1) 교과 내용학, (2) 교과 교육학, 그리고 공통으로 공부하는 (3) 교육학으로 나눠집니다.

(1) 교과 내용학은 국어와 관련된 지식을 습득하는 것으로 국어는 ① 국어학과 ② 국문학으로 나누어져요. 국어학과 국문학을 집중적으로 배우는 학과가 국어국문학과라서 이 영역들은 국어국문학과와 겹치는 부분이 많아요.

먼저 ① 국어학은 국어라는 언어에 대해 공부하는데 현대 국어와 중세 국어로 나누어지고, 각각의 국어는 다시 음운론(소리), 형태론(단어), 통사론(문장), 의미론, 화용론(담화), 맞춤법 등으로 세분화 됩니다. 또 국엉의 역사적 흐름을 배우는 국어사 과목도 있습니다. 체계적이고 논리적인 학문으로 원리를 이해하고 이를 바탕으로 실제 언어 현상과 연결지어가며 공부를 합니다.

다음으로 ② 국문학은 한국인들의 생각과 느낌을 한국어로 형상화한 작품들로 고전 문학과 현대 문학으로 나눠서 공부를 해요. 세부 갈래로는 문학의 통시적 흐름을 배우는 고전문학사, 현대문학사가 있고, 장르별로 공부하는 시론, 소설론, 극문학론, 수필론 등이 있고, 작가별로 공부하는 작가론이나 작품을 직접 읽는 강독 수업도 있습니다.

(2) 교과 교육론은 국어를 어떻게 가르칠지에 대한 방법을 배우는 과목들입니다. 이 부분은 국어교육과에서만 더 배우는 부분들이에요.

먼저 한국어 화자들이 잘 듣고,

말하고, 읽고, 쓸 수 있도록 가르치는 화법 교육론, 독서 교육론, 작문 교육론이 있고요, 문학을 효과적으로 가르치기 위한 공부를 하는 문학 교육론, 그리고 국어학을 가르치기 위한 문법 교육론으로 나누어집니다.

위의 내용이 임용 시험에서 80%를 차지하는 '전공 공부' 부분이고요, 나머지 모든 사범대 학생들이 공통적으로 배우는 교육과 관련된 공부가 임용 시험의 20%를 차지하고 있는 (3) 교육학입니다. 실제로 국어를 좋아해서 국어교육과를 가고 학생들을 가르치는 걸 좋아해서 국어 교사를 꿈꾸는 게 대부분이지만 이것은 수업과 관련된 것으로 교사의 업무 중 일부분입니다. 수업을 제외하고 출근해서 나머지 시간에는 담당 업무나 학생 생활 지도 등을 합니다. 담임을 맡아서 아이들의 진로 상담하기도 하고, 생활 지도와 공동생활을 지도해야 할 때도 있고요, 학교에서 일정 업무를 분담하여 교무부, 학생부 등의 업무를 맡기도 합니다. 국어과는 주로 학교에서 사서 교사가 없는 경우 도서실을 담당하기도 하고, 독서 토론을 담당하기도 합니다. 이러한 업무 능력을 향상시키기 위해 대학에서는 교육학개론, 교육과정 및 교육평가, 교육심리학, 교육사회학, 교육행정 및 교육경영, 생활지도 및 상담 등을 배워요. 3, 4학년 때는 교육봉사와 교육실습을 함으로써 실제 학교 현장을 필수적으로 체험하게 되어 있고요.

Q1. 성적 때문에 그 진로에 고민하는 학생들이 많은데. 성적은 어느 정도면 될까요?

A. 제 성적은 중상위권? 상위권? 정도였는데 제가 대학을 가던 때를 전후로 IMF가 터져서 다들 경제적으로 힘들어졌던 시기예요. 그래서 안정적인 직장을 희망해서 공무원과 교사라는 직업이 인기

가 높아졌는데 성적이 아주 높은 학생들은 교대를 가고, 그 다음으로 사범대학을 진학했습니다. IMF와 임용 시험 경쟁률이 높아지는 시기쯤에 학교를 다녀서 교사 선발 시험이 '고시' 수준으로 높아졌죠. 저는 아버지를 따라 소설을 쓰고 이것저것 하다가 나중에 다시 국어교육을 공부한 경우라 나이가 많이 들어서 공부를 했어요. 그런데 학부 때부터 학비를 버느라고 학생들을 가르치기 시작했고, 또 할아버지께서 초등학교 교장 선생님이시고 고모들과 고숙들이 모두 교사였어요. 어렸을 때부터 교육자 집안에서 자랐고, 아버지만 남다르게 소설가라는 직업을 가지셨어요. 모든 분들의 영향을 받아서 저도 국어교육을 전공하고, 여동생과 남동생은 저보다 먼저 사범대학 국어교육과에서 공부를 했습니다.

저는 학교 다닐 때 문과였지만 이과적인 머리를 가진 문과라고 해야 맞을 것 같아요. 그래서 국어를 특별히 잘 하는 애들 사이에서 그렇게 빛나지는 못했던 것 같아요. 물리나 지구과학을 더 좋아했고 잘 했어요. 국어는 좋아는 했는데 항상 짝사랑하는 느낌이랄까. 언어가 타고난 아이들 사이에선 국어를 잘 한다고 말하기 어려웠던 것 같아요. 지금은 그런 점이 또 다른 교사와 차별화된 부분이 될 거라 생각하지만 한편으론 제가 능력자가 아니라서 늘 열등감이 되기도 합니다.

Q1. 졸업하면 바로 취직이 가능한가요?

A. 졸업하면 일정한 자격 검정을 거쳐서 교원 자격증이 발급 되는데요 이걸 가지면 임용시험을 치러 국·공립학교의 교사가 될 수 있습니다. 임용시험이 갈수록 어려워지는 건 여러 학생들이 이미 알고 있는 부분일거고, 여전히 교사 선발을 적게 하고 있는 추세입니다. 또 기존에 뽑은 선생님들 중에 교과목이 없어진 교련 과목 같은 경우나 몇몇 외국어 과목들은 70시간 정도의 연수를 받고 국

어, 영어, 수학으로 변경하도록 국가에서 권장하고 있어요. 아무래도 대부분의 교사들은 영어나 수학보다 국어를 더 부담 없이 생각하기 때문에 국어 과목의 신규 교사 선발은 갈수록 적어지고 있어요. 다른 과목의 경우 영어나 수학은 자기 능력에 따라 공교육보다 더 많이 벌 수 있기 때문에 사교육으로도 많이 나가더라고요.

다른 방향으로는 사립학교 교사가 되기도 하는데 재단의 자체적인 시험을 치르는 경우가 많아요. 사립학교는 출신 학교나 성별의 영향, 인맥의 영향을 많이 받기도 해서 여자 입장에선 불리하기도 해요. 주로 남교사를 선호하는 게 현실이고, 또는 인맥이 있어야 하거나, 학교가 아주 뛰어나야 하죠.
국공립 학교와 사립 학교 교사의 차이점은 일단 모두 교사이지만 국공립 학교 교사는 공무원이기도 하고, 사립 학교 교사는 공무원은 아니에요. 그래서 공무원이 받을 수 있는 혜택에서 좀 차이가 있고 나머지는 거의 같은 대우를 받습니다. 또 국공립 학교 교사는 4년 주기로 학교를 옮기는데요 그게 장점도 있고 단점도 있어요. 꾸준한 교육 정책을 시행할 수 있다는 측면에서는 사립학교가 더 나은 것도 같아요. 교육의 효과가 바로바로 나오지 않으니까요. 하지만 재단이 투명하지 않으면 워낙 비리가 많고, 기업과 같은 느낌이 많이 들어서 교사가 독립성을 가질 수 있는 것은 국공립 학교가 좀 더 있는 것 같습니다. 어디까지나 이것도 보편적인 이야기일 뿐이고, 학교마다 다 다르니 참고하세요.

임용시험이 안 되면 기간제 교사나 시간제 강사를 하는 경우도 있는데 기존에 재직 중인 교사가 병가를 내거나, 장기 연수를 가거나 또는 학교에 정식으로 신규 교사를 아직 발령 내지 않고 임

시로 기간제 교사를 배치하기도 하는데 제가 기간제 교사에 해당합니다. 하는 일들은 거의 차이가 없고 다만 더 짧게 근무를 하다가 가야 하는 게 가장 아쉬워요. 학교마다 문화가 달라서 적응하는 것도 힘든 일인 것 같긴 하고요. 계약직이든 어떤 자리든 저는 학생들을 만나는 일이 정말 행복하고 좋아요. 그리고 함께 국어 수업을 할 때가 가장 행복하고요.

Q1. 대학 때 제일 어려웠던 과목이나 부분은 뭔가요?

A. 대학원에서 제 지도 교수님이 음운론(소리)을 전공하시던 분이었는데 저는 문학을 먼저 접한 경우라서 국어학이 너무 어려웠어요. 특히 음운론은 눈에 보이지도 않는 소리와 관련된 학문이라서……. 그런데 지금은 가장 잘 하는 과목이 됐고, 요즘은 문학이 더 어려운 것 같아요. 공부할수록 문학은 정말 다양한 방법들로 해석이 가능해서요. 아이들이 다양하게 해석하는 걸 보면 가끔은 저보다 더 재미있게 해석하기도 해서 재미있기도 해요.

아 그리고 개인적으로는 국어교육을 공부할 때보다 창작이 더 어려웠어요. 기존의 작품들을 읽고 분석하는 건 뭐 어느 정도 사람의 생각이 비슷하니까 그래도 할 만한데, 창작은 남과 다르게 쓰기가 쉽지 않더라고요. 여러분도 자소서 써 보면 알죠. 같은 주제를 주면 어느 순간 뻔한 대답을 적고 있는 거요. 어느 주제를 정하면 그것에 대한 새로운 이야기를 만들어 낸다는 게 정말 고통스러워요. 또 그 작품을 친구들과 공유하며 비판을 받을 때는 정말 눈물나요. 내용부터 맞춤법까지 하나하나 지적을 받다 보면 내가 소설가가 될 수 있을까 되묻게 돼요. 그래서 아버지를 가장 존경합니다! 소설가 박혜강. 저에게는 최고의 작가입니다.

Q1. 대학교 때나 선생님이 되었을 때 포기하고 싶었던 순간과 제일 기억에 남는 순간은요?

A. 포기하고 싶은 적 많죠. 다 나열하고 싶은데 그냥 생략하고… 그냥 수업이든 생활지도든 내가 서툰 선생이라 애들한테 미안할 때가 가장 힘들어요. 예전에 가르쳤던 고2 학생은 아버지가 의사였고, 집이 잘 살았어요. 그래서 밤에 아버지 차를 몰고 나가서 놀고 그러던 학생이었는데 그 아이랑은 워낙 안 맞아서 힘들어 할 때 어느 날 저희 아버지께서 이야기해주셨어요. 모든 아이들을 네가 다 안을 수는 없다고. 그 아이에게 맞는 선생님을 위해 네가 비켜주는 것이 최선일 수도 있다고. 그건 네가 책임감이 없는 게 아니라 져주는 거고 또 그 아이를 위한 일이라고요. 여전히 제 수업이 모든 아이들에게 다 맞을 수도 없고, 또 제 상담이 아이들과 다 좋을 순 없으니 그때마다 잠 못 들곤 해요. 여전히 힘들고 아프지만 그래도 그것조차 행복해요.

가장 기억에 남는 순간은 정말 너무 많은데……. 그전 학생들 졸업할 때 체육관 단상 위에 선생님들이 다 서 있고, 전교생이 선생님 앞을 하나씩 지나가면서 졸업장을 받고 인사를 했어요. 그때 전체 고3을 다 가르쳤었는데 그중 몇몇 학생들부터 제 앞에서 울기 시작을 했어요. 막 웃기 시작하던 애들이 제 앞에서 다들 울고 뒤를 이어서 다 우는데 눈물이 안 멈춰서 아무 말도 못하고 그냥 다 안아 주고 보냈어요. 그 중에는 친구들과 사이가 나빠져서 몇 개월을 혼자 밥을 먹었던 아이부터, 발표 때마다 떨어져서 힘들어

하던 울고 갔던 회장 녀석, 남자친구랑 헤어져서 정신을 못 차리던 아이들까지. 다들 추억 하나씩을 가지고 각자 소리 없이 눈물만 흘리며 인사했던 것 같아요.

영광고에서는 너무 많은 기억들이 있는데, 지금도 누군지 알 수 없는 수많은 익명의 편지와 선물들요. 작년부터 무리한 것이 올해는 초반부터 몸이 아프기 시작하고 여러 가지로 힘든 것 못 감췄던 해였어요. 작년엔 1학기에 1번 울까 말까였는데, 여기선 하루도 안 울고 간 날이 없을 정도로 몸도 마음도 힘들었던 것 같아요. 누적된 피로와 자신을 돌보지 않은 제 탓인데 영광고에서만 유독 학기 초부터 익명의 편지와 선물들이 많았어요. 여기 문화가 그럴까요? 밥 못 먹고 일했다고 하면 다음 시간에 식당에서 받은 바나나와 쪽지를 3학년들이 올려놓기도 하고, 카드에 감동의 문구와 비타민을 놓은 2학년도 있고(여전히 누군지 몰라요, 양기영 샘은 봤다던데…….), 또 수호천사라는 이름으로 과자랑 등등을 두기도 하고, 몇몇은 밝혀내기도 했는데 나머지는 여전히 제가 마음에 빚을 지고 갑니다. 그리고 영광고 아이들이 〈난장〉에 많이 참여해 줬을 때요. 특히 성적 상위 학생들이 아니라 그냥 평범한 학생들인데 궁금해서 참여한 1학년들이 정말 잘 해줬을 때 수업이 많아 힘들긴 해도 정말 행복했어요.
선생하면서 가장 행복할 때는 '샘 때문에 국어가 좋아졌어요.' 라는 말과, '선생님 같은 선생님이 되고 싶어요.' 는 말을 들을 때요. 아, 그리고 오늘 어떤 학생이 그랬어요. '선생님 때문에 학교 다니는 게 즐거워졌어요.' 라고요. 비록 모든 아이들에게 좋은 선생님은 아니지만 단 하나라도 저로 인해 학교생활이 행복했다고 들으면 그건 정말 영광이죠. 제가 제 아이들에게 더 엄하기도 하고, 원칙이나 형평성 때문에 타협을 못하는 부분이 있어서 몇몇 학생들은 저에게 서운할 거예요. 그런 아이들에게는 미안한 마음 전합니다. 선생님이 아직 서툴고 부족한 게 많아서 표현이 거칠 뿐이지… 다 넘치는 애정 때문이라고, 절대 미움이 아니라고 꼭 전하고 싶어요. 덜어내는 연습을 할게요.

Q1. 국어국문과와 문예창작학과에 대해서도 잘 아신다고 하셨는데 두 학과의 취업은 어떻게 되나요?

A. 국어국문과와 문예창작학과는 교직이수를 제외하고 일반적인 학생들이 지금은 복수전공을 해서 좀더 현실적인 직업으로 나아가는 것 같습니다. 국어를 연구하고 공부하는 석사, 박사로 가지 않는 이상 국어가 직접적으로 직업이 되진 못하기 때문에 국어를 바탕으로 한국어 교육 전문가나 언론 계열, 출판 계열 등으로 나가는 경우가 많고요, 창작으로 더러 나가기도 합니다.

특히 방송 작가 쪽으로 가기도 하는데요 문제는 이 작가라는 직업이 프로그램에 따라 수명이 달라진다는 겁니다. 그리고 실제 창작하는 소설가나 시인과는 다른 직업이라서 방송부에서 방송원고를 써보면 알 거예요. 드라마 작가 정도나 창작을 한다고 보면 돼요. 그래도 몇몇 공무원을 제외하면 정말 많은 직업들이 다 정년을 보장하는 게 아니기 때문에 여건이 비슷하지 않나 싶어요. 아버지께서 교통방송 라디오 2시간짜리 원고를 매일 쓰셨는데 이건 정말 노동 중에 노동이더라고요. 매일 A4 70매 정도의 원고를 쓰셨던 것 같아요. 그러려면 글 쓰는 기술의 문제도 중요하지만 많은 독서와 많은 경험이 있어야 하는 것 같습니다. 정말 모든 분야에 대해 해박해야 하지 않을까 싶어요.

중앙대학교 대학원에 진학하고 출판사에서 일하던 제 친구는 결국 출판사 일하다가 대학 조교도 하다가 지금은 또 서울에서 일하고 있는 것 같던데 계속 경력을 바탕으로 여러 직업을 옮겨 다녀야 하지만 그게 장점일 수도 있을 것 같아요. 그 친구는 등단도 했던 친구입니다. 또 그냥 희곡으로 신춘문예 당선한 제 친구는 극문학을 한 건 아니고, 그 뒤에 결국 사교육을 하면서 생활비를 벌게 되더라고요. 안정적인 직장에 목매지 않는다면 여러 직업을 다 해볼 수 있는 게 국어국문학과, 문예창작과가 아닌가 싶습니다.

Q1. 선생님은 소설도 쓰셨다고 들었는데 그 소설 내용과 아이디어 같은 건 어디서 받는지 궁금해요.

A. 제 소설의 최고의 성과는 지방 신문 신춘문예 최종심에 오른 것 정도. 근데 대학교 2학년 때였어요. 21살이면 지금으로부터 너무 오래 전이죠. 그때 썼던 소설 중 기억에 남는 건 '감시' 에 대한 이야기였어요. 끊임없이 시선을 의식해야 하는 삶에 대한 이야기였고 이건 철학과에서 미셸 푸코의 철학을 공부하면서 '감시' 와 '감옥', '학교' 라는 체제의 공통점에 대하여 문제의식을 가져서 썼던 작품이에요. 아파트라는 공간에서 밤에 불을 켜면 방안은 밖이 안 보이지만, 밖에선 그 방이 잘 보이잖아요. 그렇게 집에서 조차 마음 놓고 생활하지 못하고, 문을 열고 닫기를 반복하는 삶. 그리고 그것이 모든 공간에서 영향을 받으면서 결국 자기 자신이 오롯이 혼자 있는 시간이 없이 그렇게 시선에 따라 움직이는, 시선으로부터 자유롭지 못한 현대인의 삶이요. 결국 말 잘 듣는 사람들은 모

든 게 노출되어 있고, 그들을 조정하는 사람들은 보이지 않는 곳에 숨어서 그들의 삶을 조정하고 있다는 것에 대해 문제의식을 제시했어요. 그리고 눈이 보이지 않는 장님만이 진정한 자유를 가진 자이고, 창의적인 생각도 시각을 제외한 순간 시작된다는 걸요. 지금 30대 중반이니까 너무 어릴 때 쓴 거라, 허허.

글을 쓸 때는 처음에는 자기 경험에서 시작이 되는데 곧 고갈이 되거든요. 결국 기법의 문제가 아니라 내용과 사유의 깊이 문제이다 보니 저는 철학과 수업을 1년 반 정도 모두 듣기 시작했습니다. 사회철학, 예술철학, 종교철학, 서양근세철학, 형이상학, 윤리학 등을 공부하면서 세상의 모든 것들에 대한 생각에 대한 생각을 공부했습니다. 그게 다 되어야 그 이후에 저만의 생각이라는 것이 나올 것 같아서 정말 미친 듯이 철학에 빠졌어요. 대학원도 철학과로 가고 싶었는데 주변에서 말리신 거고요. 그리고 대학 때 역사토론 동아리에서 역사적 사건에 대해 다시 바라보고 토론하기, 그리고 현대 시사적 이슈에 대한 토론을 일주일에 2회씩 했어요. 결국 문학, 사학, 철학을 함께 공부한 시간들이었는데 그런 공부 속에서 문제의식을 느낀 부분에 대해 소설로 형상화하려고 했습니다. 그래서 학부 때 아웃사이더였고, 주로 도서관 가장 위층에서 책 꺼내놓고 놀거나, 혼자 수강신청하고 수업 듣고, 학생들 가르치러 가고 그랬어요. 사람들이 있으면 저한테 집중을 못해서 일부러 모임 외에는 혼자 모든 걸 했는데, 사실 놀기도 엄청 놀았어요. 연애 경험도, 인간관계도 모두 제 소설 쓰기의 바탕이었다고 생각합니다. 생계라는 현실적인 문제로 대학원을 다니면서 국어교육과 조교를 하고, 이후에 임용시험 준비를 하면서 기간제 교사로 일하고 20대부터 지금까지 늘 두 가지 이상의 일들을 병행해 왔네요. 더 나이가 들면 꼭 깊이 있는 소설을 쓰고 싶습니다. 제

인생의 마지막에는 소설을 쓰고 있으면 좋겠어요.

Q1. 교사직에 계시면서 제일 인상 깊거나 생각나는 학생은 있나요?

A. 흠… 지금 생각나는 아이들은 작년 동아리 〈도서부〉 아이들이요. 대부분 도서부나 독서토론부, 문학 동아리는 국어 샘들이 맡게 됩니다. 그런데 문학 동아리는 차라리 열정 있는 애들이 모이는데 도서부는 성향이 거의 내향적인 것 같아요. 그리고 막연하게 책이 좋은 거지 사서가 되고 싶어 왔거나, 독서 토론으로 뭘 해보겠다고 오는 게 아니라 그냥 편하게 놀려고 오는 게 공통점이에요. 근데 그 아이들이 나중에 저를 감동시켰습니다. 공부도 잘 하고 야무진 학생들도 몇 있었지만 대부분이 반에서 약간은 무시당하기도 하고, 또 왕따를 당하던 애도 있었고, 가출을 잘 하던 학생도 있었고, 말도 어눌하고 얌전하기만 했던 학생도 있었답니다. 이 아이들 14명이 학교 도서실을 1년 내내 한결같이 잘 지켜줬다는 것이 저에겐 가장 큰 감동이에요. 많은 걸 바라지 않았는데 그냥 일주일에 2번 정도 자기 맡은 시간에 15분씩 대출 업무와 책 정리를 돕는 일이었는데 일주일 동안 애들이 자기 맡은 날을 한번도 거르지 않았어요. 물론 저는 매일 점심 30분씩 그 자리를 지키고 있었으니 아이들이 다 있었던 걸 알죠.

아이들이랑 창체 시간에는 1학기 내내 도서실에 흩어진 모든 책들을 다 순서에 맞게 정리하고 분야별로 찾기 쉽게 이름표를 붙였어요. 또 '선생님의 서재' 라는 코너를 만들어서 한 달에 다섯 분씩 선생님들을 선정해서 책장을 만들어 드렸는데 거기에 선생님들이 책을 골라서 넣어주시면 학생들이 거기서 대출을 하는 형식이었어요. 수행평가 코너도 만들어서 운영하고, 환경 정리랍시고 이리저리 그림이랑 글도 적어 놓고, 학교에서 점심에 음악을 안 틀어줘서 제가 도서실에 음악을 틀어주기도 하고, 그랬더니 어느새 학교에서 학생들이 놀고 싶고, 늘 들르고 싶은 곳이 되었답니다. 그리고 어느 순간 학교에 막 돌아다니던 책들을 아이들이 모아오기 시작했고, 모든 교사, 학생의 행사가 도서실에서 이루어질 만큼 좋은 공간이 됐어요.

마지막에 행사 때는 아이들과 진로별 도서를 구입해서 읽고, 이걸 각자 도서실에 전공 분야별로 책을 소개하는 보드를 만들었습니다. 그리고 관련 분야의 추천도서를 전시하는 도서 전시회를 했어요. 그 밖에 책 속의 숨은 보물찾기, 함께 쓰는 초딩 일기장, 느린 우체통, 책갈피 만들기 등을 운영하면서 마지막 행사를 마쳤습니다. 참 고맙게도 우리 아이들이 서로 사회자도 맡아주고, 축제 때 자기 반 행사로도 바쁜데 자기 역할을 너무 잘 해주었어요. 제가 떠난 후에도 그 아이들이 후배들을 데리고 잘 운영한다는 소식을 들으면 행복합니다. 폐허였던 도서실을 오고 싶게 만든 건 모두 도서부 아이들 때문이었습니다. 그 아이들은 반에선 모델을 꿈꾸는 가출학생이거나, 지나치게 내성적인 청일점 남학생이거나, 늘 코딱지를 파는 얼굴이 예쁜 여학생이거나, 왕따이지만 우리 동아리에선 1학기 회장이거나, 저보다 잔소리가 더 심한 야무진

1학기 부회장이거나, 연극영화과를 가겠다는 2학기 부회장이거나, 웃음이 포근했던 2학기 회장 덕분이었습니다. 그 아이들은 저에게 잔소리도 엄청 듣고, 또 저 역시 속상하기도 해서 많이 울기도 했습니다. 소위 말하는 보통 이하의 아이들이었으니까요. 근데 그 아이들은 누구보다도 1년간 15분 동안 자기 자리를 한 번도 빠지지 않고 지켜준 저에게는 최고로 사랑스러운 모범생들입니다.

그 아이들 중 한 명이 얼마 전 생일에 문자를 보내 왔습니다. 선생님 고생하시는 거 보이는데 왜 그렇게 말을 안 들었는지 모르겠다고…… 그래서 죄송하다고 말하고 싶었는데 부끄러워서 생일 축하 겸으로 보낸다고요. 안 보니까 되게되게 보고 싶다고. 삐쩍 마른 몸에 어울리지 않게 식판 가득하게 밥을 먹던 여학생인데, 저에게 시간 있으셔서 학교 들르면 급식에서 제일 맛있는 걸 주겠다고 하네요. 아이들 기억 속에 잔소리만 남지 않아서 다행입니다. 그리고 보고싶습니다. 그때 아이들은 제가 가난해서 책 한 권도 선물 못해 줘서 마음이 아파요.
우리 소논문 동아리 〈한움〉도 책을 보면 나중에 많이 생각날 것 같아요. 더 끝까지 있었으면 친해질 것도 같은데 제가 너무 올해는 몸이 아파서 잘 해주지 못해 미안합니다. 작년에 힘을 다 써버려서 그런 걸로 남은 시간 모두 잘 보내리라 믿습니다. 내 아이들이니까요. 박다운의 제자들이니까요. 의리!!!

Q1. 마지막으로 지금까지 읽었던 책 중에 가장 도움이 됐던 책이나 소개해 주고 싶은 책은 무엇인가요?

A. 먼저 아버지께서 쓰신 5.18 장편 소설 〈꽃잎처럼〉을 추천합니다. 신문 연재를 했던 작품을 소설로 엮어 낸 작품입니다. 학교 도서실에도 있어요.

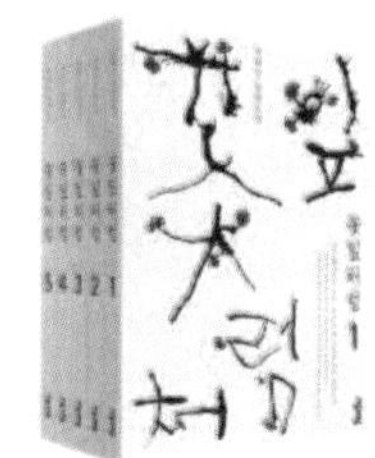

다음으로 제가 힘들 때 읽던 동화책 〈용기〉입니다. 어른이 되면서 잃고 살게 되는 작은 용기들을 선물합니다.

용기엔 여러 종류가 있지.

굉장한 것부터 그래, 언제라도 할 수 있는 모험까지 그래도 어느 것이든 용기는 용기지.

어느 순간 보조 바퀴 없이 자전거로 씽씽 달려 보는 것도 용기.

퀴즈대회에서 어려운 문제를 정확하게 대답하는 것도 용기.

맛있는 사탕 하나는 내일을 위해 남겨 두는 것도 용기.

늘 먹어 오던 개 사료가 진저리나는 밥이 아니라고 생각하며 먹는 것도 용기.
어린 동생을 아무도 괴롭히지 못하게 하는 것도 용기.
밤에 귀를 기울여서 이상한 소리로부터 집을 지키는 것도 용기.
새로운 동네로 이사 가면 "난 다운이야. 너는?" 하며 먼저 말을 거는 것도 용기.
탐정 소설의 범인이 궁금해도 책 끝 쪽을 몰래 펼쳐보지 않는 것도 용기.
말다툼 한 뒤라도 먼저 사과하는 것도 용기.
보도블럭 이음매 위를 일부러 밟아보는 것도 용기.
9회말 동점에 투 아웃 만루일 때 타석에 서는 것도 용기.
말하지 않겠다고 약속한 은밀한 비밀을 지키는 것도 용기.
모르는 사람에게 벅벅 씻겨도 꾹 참고 있는 것도 용기.
나쁜 습관을 고치는 것도 용기.
주위 사람들 모두가 아주 엄숙한 분위기에 있을 때, 갑자기 우스운 이야기가 생각나도 키득키득 웃지 않는 것도 용기.
생일 파티에 다른 친구보다도 훨씬 먼저 가 보는 것도 용기.
남몰래 좋아하는 아이에게 줄 발렌타인 선물에 자기 이름을 써서 보내는 것도 용기.
아무리 예뻐도 꺾어 버리지 않는 것도 용기.
캄캄한 방에서 잠자는 것도 용기.
머리를 짧게 자르는 것도 용기.
질투가 나더라도 싫은 표정을 보이지 않는 것도 용기.
경치가 좋은 곳을 드라이브 할 대도 가운데 자리에서 참고 있는 것도 용기.
새 바지가 찢어진 이유를 솔직히 말하는 것도 용기.
무서운 놀이 기구를 한 번 더 타 보는 것도 용기.

산이 있다면 기필코 정상까지 오르고자 하는 것도 용기.
하늘 높이 우주 탐험도, 바다 깊숙이 해저 탐험도 용기.
새싹이 차가운 눈을 뚫고 솟아 나오는 것도 용기.
무너지더라도 또다시 고쳐 만드는 것도 용기.

꿈을 향해 굳세게 버텨 나는 것도 용기.

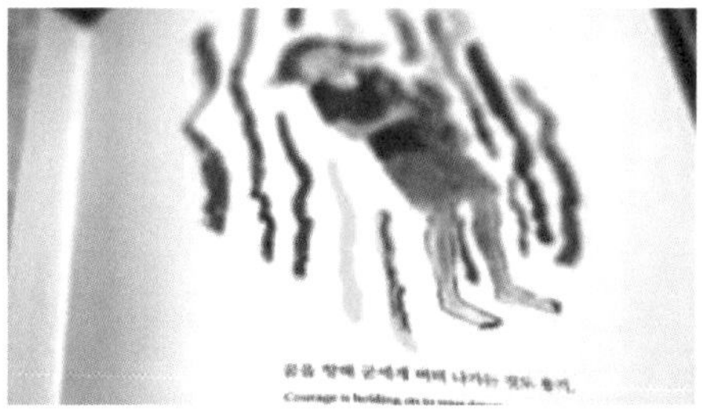

소방관이나 경찰관으로 책임을 다하는 것도 용기.
헤어져야 할 때 '잘 가' 라고 말할 수 있는 것도 용기.
서로 격려해 주는 것도 용기.

영광고 학생들과 〈한움〉 여러분, 정말~ 아주~ 매우~ 진짜~ 사랑합니다.

– 박다의리으리 쌤

나. 체험활동 소감문

몸이 약하고 안 좋은 탓에 다른 친구들처럼 대학탐방처럼 멀리도 못가고 많은 활동도 못 했지만 바쁜 와중에도 갑작스럽게 부탁한 인터뷰를 흔쾌히 해 주신 박다운 선생님께 감사하다. 두서없고 뒤죽박죽 섞인 질문에 성심성의껏 대답해 주신 덕에 정말 많은 도움이 되었다. 특히 국어과뿐만 아니라 문창과까지 여쭤봤는데도 잘 대답해 주셔서 앞으로 진로를 결정할 때 많은 참고가 될 것 같다.

박다운 선생님과 인터뷰를 하고, 또 직접 글을 써 다시 내용을 들여다보면서 진로에 대한 그런 내용들뿐만 아니라 정말 감동적이고 재미있는 이야기가 많아 한편의 책을 본 듯했다.

물론 관심 있던 학과, 직업, 취업 등 너무나 많은 것을 알려주셨지만 그 외에 에피소드 같은 짧은 이야기들이 없었다면 집중하기가 힘들었을 것 같다. 다소 어려운 내용들이 한편의 책처럼 느껴지는, 인터뷰라는 딱딱한 관계보다는 정말 선생님과 제자의 편안한 자리 같다는 느낌을 받았다. 막연히 국어 쪽에 관심이 있었고 국어 선생님 같은 직업은 하고는 싶었으나 성적과 성격 탓에 고민도 많았다. 하지만 선생님의 이야기들을 듣고 보니 국어선생님이란 직업이 물론 모든 선생님이란 직업이 그러하겠지만 좋아하는 교과목을 가르치면서도 많은 이야기들이 담을 수 있는 직업인 것 같아 더 관심을 갖게 되었다.

아직 작은 꿈이지만 글을 쓰고 책을 내고 싶은 나에게 국어 선생님이란 직업은 정말 흥미로웠던 것 같다. 아직 진로를 확실히 정하지 못했지만 이번 활동으로 조금 더 진로에 한발자국 다가간 느낌을 받았고, 더 나아가기 위해 조금 더 찾아보고 알아봐야겠다는 생각이 들었다.

역사를 알고 싶어요

이예진

1. 목적

가. 자신이 원하는 학과에 대해 자세한 정보를 얻기 위하여

나. 직접 학과 교수님(조교님)을 만나서 학과에 대한 현실적인 정보를 얻어 자신이 그 학과에 적합한지 판단하기 위하여. 학과에 대한 입시정보를 얻기 위하여

2. 필요성

가. 학과가 자신의 적성과 맞는지 판단하기 위하여

나. 자신이 궁금한 정보를 자신이 직접 계획하고 인터뷰함으로써 자기주도적인 성향을 키울 수 있기 때문에

3. 세부 활동 계획

가. 활동 기간 : 2015년 7월 29일

나. 활동 인원 : 3명(이예진, 최수라, 신수옥)

다. 방문 기관 : 전남대학교 사학과

라. 인터뷰 대상 : 전남대학교 사학과 조교님

4. 기대 효과

가. 자신이 원하는 학과가 어떤 곳인지 알게 된 후 자신의 적성과 맞

는 학과를 결정할 수 있을 것이다.

나. 이후로도 관심 있는 학과가 생기면 자기 주도적으로 학과탐방을 갈 능력이 생길 것이다.

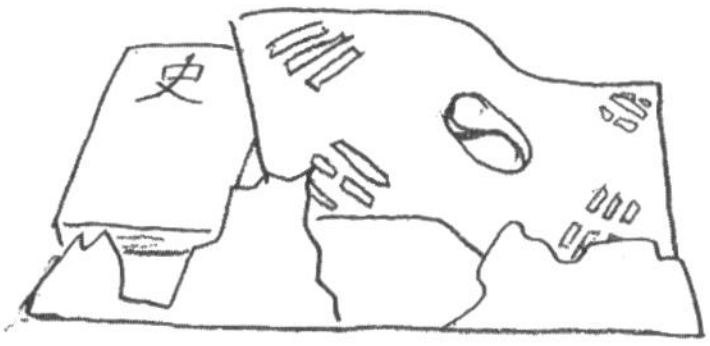

5. 활동 후 결과 보고서

가. 인터뷰 내용

Q1. 사학과에 들어가게 되면 구체적으로 무엇을 배우나요?

A. 서양사, 동양사, 한국사, 고대사, 근현대사, 러시아사, 등 기본적으로 9가지로 나누어져 있습니다.

Q1. 사학과를 들어가서 복수전공을 하려고 할 때 추천하시는 학과는 무엇인가요?

A. 학생이 선택하기에 따라 다르지만, 경영대나 신방과 등에 역사가 연계되어 있기 때문에 그러한 학과를 많이 복수전공하는 편입니다.

Q1. 사학과 신입생을 뽑을 때 필요한 자질은 무엇인가요?

A. 학문에 대한 호기심을 많이 보는 편입니다.

Q1. 한국사능력시험 자격증을 미리 따 놓는 것이 입시에서 도움을 주나요?

A. 네, 아무래도 자격증이 있는 것이 좋다고 봅니다.

Q1. 사학과를 나와서 졸업을 하면 어느 쪽으로 취업을 하게 되나요?

A. 학예사, 교사, 기자, 연구원, 공무원, 극작가, 기록관리사 등에 취

업하는 편입니다.

Q1. 한국사가 단지 좋아서 사학과에 오는 것은 어떻게 보시나요?

A. 현재 여러분이 배우고 있는 역사와 대학교에 와서 배우는 역사는 상당히 다릅니다. 여러분들은 역사의 사실을 배우고 있지만 대학에 오면 역사에 대해 학문적으로 접근하기 때문에 잘 생각해보고 오셔야 한다고 생각합니다.

Q1. 다른 학교와는 달리, 전남대 사학과의 특별한 점은 무엇인가요?

A. 현재 사학과가 많이 사라지고 있기 때문에 다른 대학교들을 보면 교수님들이 부족한 편인데 전남대학교에는 서울대 교수님 등 여러 많은 교수님들이 계시기 때문에 더욱 폭넓게 배우는 점이 전남대 사학과만의 장점이라고 생각합니다.

Q1. 인문학이나 사학과가 취업 쪽으로 보면 좋지 않은 편인데 어떻게 생각하시나요?

A. 그러한 사실은 인정하지만 세상을 살아가는데 가치관을 배울 수 있기 때문에 그러한 부분에서 보면 좋다고 생각합니다.

Q1. 학교에서 역사에 관련된 동아리 같은 걸 만든다면 추천하시는 활동은 무엇인가요?

A. 역사에 관련된 토론을 하는 것도 좋은 방법이지만 모여서 학과 탐방이라든지 유적지를 간다던지 문화재 탐방을 가는 것도 좋은 활동이라고 생각합니다.

Q1. 사학과를 들어가려고 하는 학생들에게 한마디 해주세요.

A. 정말 역사에 대해 의욕 있는 그런 학생들이 와서 열정을 가지고

교수님과의 인터뷰장면과 기념사진!

했으면 좋겠습니다.

나. 체험활동 소감문

평소부터 역사에 대해 관심이 많이 있었기 때문에 사학과를 진학할 생각을 가지고 있었다. 그렇지만 막상 사학과에 진학한다고 생각하니까 내가 사학과에 대해서 아는 정보가 없었다. 그래서 다른 동아리 임에도 불구하고 다운선생님께 부탁드려 친구들과 함께 7월 29일 전남대학교에 학과탐방을 가게 되었다. 그전에도 몇 번 전남대학교를 가본 적이 있지만 이렇게 자세하게 사회과학대학이나 자연과학대학 건물들을 들어가 본 적은 없었다. 그렇기 때문에 매우 신기했다. 날씨는 엄청 더웠지만 그 더위마저 잊어버릴 만큼 친구들과 쌩쌩하게 전남대학교를 돌아다녔다. 사학과를 찾아서 들어가자 조교님께서 우리를 반겨주셨다. 그리고 의자에 앉아서 인터뷰를 시작했다. 조교님께서는 내 질문에 정말 잘 대답해 주셨고 인생을 살아가는 교훈들도 많이 들려주셨다. 또한 내가 사학과에 대해서 정말로 궁금했던 점, 인터넷상으로는 얻을 수 없는 그런 귀한 정보들을 얻게 되었다. 인터뷰가 끝난 후에는 사학과에 대해서 많은 생각을 하게 되었다. 사학과에 가게 된다면 내가 좋아하는 역사에 대해서 정말 깊이 있게 배울 수 있게 된다. 하지만 현실적인 취업 면에서 보자면 그렇게 알맞은 학과는 아니었다. 그러면서 차라리 다른 학과를 가서 사학과를 복수전공을 하는 것도 좋다는 생각을 하게 되었다. 이런저런 생각을 하며 왠지 좀 더 내 미래에 대해 가까워지는 느낌이 들었다. 무엇보다도 내가 내게 맞는 직업을 찾으려고 노력한다는 것이 스스로 뿌듯했다. 요즘은 너무 입시위주로 돌아가다 보니 자신이 무엇을 원하는지도 모르고 그저 성적에 맞춰서 좋은 대학교에 가려고만 하는 경우가 많다. 그러다보니 대학교에 들어가서 학과가 자신과 맞지 않아 대학교를 자퇴해버리는 학생들도 많다고 한다. 그렇기에 나는 다른 많은 학생들이 이렇게 자발적으로 학과를 탐방하는 것이 정말 큰 도움이 될 것이라고 생각한다. 나 또한 이번 학과 탐방으로 인해 내 자신의 적성에 대해 알게 되었고, 일 년 후 가게 될 대학교에 대해서도 대략적인 계획을 세우게 되었다. 또한 전남대학교의 언니 오빠들을 보면서 대학교에 꼭 가야겠다는 욕심 또한 가지게 되었다. 고등학교 2학년인 나에게는 정말 좋은 경험이었다.

지질학에서 보물찾기

이두나

1. 목적

가. 관심있는 학과를 조금 더 자세하게 알기 위해서

나. 학과에서 중요하게 생각하는 공부를 알기 위해서

다. 취업현황을 알기 위해서

2. 세부 활동 계획

가. 활동 기간 : 2015년 7월 29일

나. 활동 인원 : 3명

다. 방문 기관 : 전남대학교

라. 인터뷰 대상 : 이창열 교수

3. 기대 효과

가. 이 학과에서 무엇을 배우는지 자세하게 알게 될 것이다.

나. 자신이 어느 학과에 맞는지 알게 될 것이다.

4. 활동 후 결과 보고서

가. 인터뷰 내용

Q1. 지질학과 해양학으로 나누어졌는데 지질학과에서 주로 배우는 것은 무엇이 있나요?

A. 지구가 과거에 어떻게 형성됐고, 어떻게 변하여왔고, 현재 어떻게 변화되고 있고, 미래에는 어떻게 변화될지를 구하는 방법을 배우는데 크게 3가지로 물리학, 화학, 생물이 있어요.

Q1. 지질과 해양학을 언제 고르나요?

A. 1학년에 학부가 끝나고 2학년이 되어서 골라서 지질학과 해양학이 나눠집니다.

Q1. 지질학과를 졸업하면 들어가는 직업은 무엇인가요?

A. 대표적으로 한국지질자원연구원에 연구원으로 가거나 자원 개발하는 무역회사에 가거나 석유회사나 건축회사 쪽으로 갑니다.

Q1. 학과 졸업생들이 많이 가는 진로는 무엇인가요?

A. 한 곳으로 정해져서 가는 게 아니라 분야가 많아서 다양한 곳으로 나뉘어요.

Q1. NASA에 취업하는 경우에도 있나요?

A. 드물기는 하지만 다른 쪽에선 있다고 들었어요.

전남 대학교 정문에서 기념사진

Q1. 대학교 입학할 때 자기 소개서에 많은 비중이 들어가나요?

A. 많은 비중을 차지하진 않습니다.

Q1. 이 학과에서 중요하고 필요한 공부는 무엇인가요?

A. 과학에는 관심이 있어야 하고 영어가 제대로 되어 있지 않는다면 수업을 들을 때, 공부할 때 힘들기 때문에 영어도 필요합니다.

Q1. 지질학과가 다른 대학교의 지질학과랑 특별하게 다른 점이 있다면 무엇이 있을까요?

A. 학생과 교수 사이의 유대감이 높고 전국에 하나 있는 전산지구동력학이라는 학문 등이 있어요.

Q1. 이 학과에서 공부하면서 어려운 것은 어떤 것이 있나요?

A. 아무래도 영어로 된 책과 영어로 수업을 하니 영어를 모르면 수업을 따라가기 힘들기 때문에 스스로 영어를 따로 공부해야 하니까 학생들이 영어를 어려워하는 경향이 있는 것 같아요.

Q1. 이 학과를 지망하는 학생들에게 조언 부탁드립니다.

A. 지구과학을 좋아하는 사람만 오면 좋겠고, 지구과학만 좋아서 오기보다는 물리, 수학, 화학 등의 기초과학도 같이 관심을 가지는 게 필요하고 영어를 포기하는 사람이 많은데 영어는 포기하면 안 됩니다.

나. 체험활동 소감문

이 인터뷰를 하고 나서 이 학과에서 무엇을 배우는지 자세하게 알게 되었고 생각보다 많은 분야의 공부하는 방향이 있다는 것에 놀랐고 또 많은 진로 방향이 있다는 것을 알게 되었다. 그리고 내 생각과는 조금 다른 것을 배우는 학과라서 이런 인터뷰를 통해 학과에 대해서 알아가는 것이 좋고 나에게 많은 도움이 된다고 생각해서 다른 관심 있는 학과 교수님들과도 만나 인터뷰해보고 싶다는 생각을 했고, 취업은 역시 어렵다는 것을 다시 생각해보게 되었다.

그리고 인터뷰 할 때 유쾌한 분위기를 만들어 주셔서 많이 긴장하지 않고 인터뷰를 하게 되어서 좋았고 바쁜데도 불구하고 시간을 쪼개서 인터뷰를 하게 해주신 교수님께 감사 인사를 드리고 싶다.

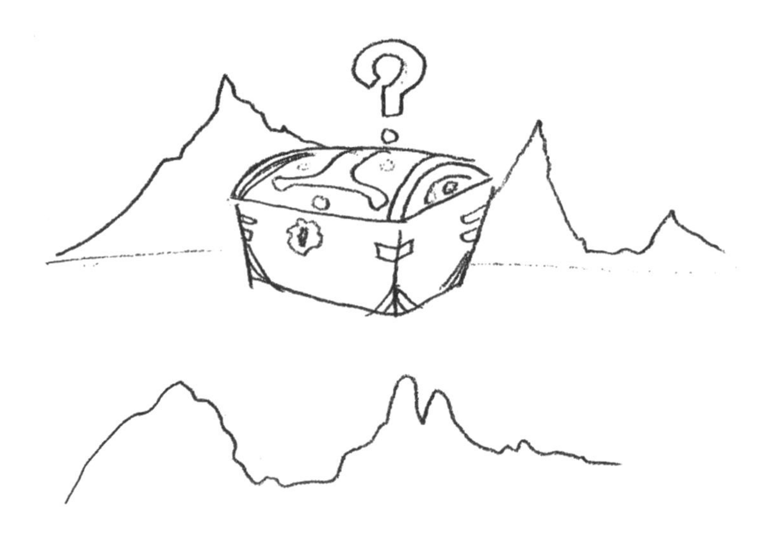

06 여가 · 문화

문화의 힘은 우리 자신을 행복하게 하고 나아가서 남에게 행복을 준다

– 김구

방콕하고 코딩만 할 테야

김대영

1. 목적

가. 프로그래밍을 독학하며 인터넷으로는 찾아볼 수 없던 궁금한 점들을 직접 듣고 궁금증을 해소하는 걸 목적으로 한다.

나. 게임프로그래밍 전문가로 진로를 정하였으므로 앞서 이 길을 걸어오신 교수님의 조언을 듣고 결정할 때 참고가 될 것을 목적으로 한다.

다. 게임프로그래밍 이외의 프로그래머의 전망에 대해 궁금한 것을 제대로 알아보기 위함을 목적으로 한다.

라. 프로그래밍에 있어 코딩능력 뿐만이 아니라 요구되는 능력이 있는지를 알아가는 걸 목적으로 한다.

2. 필요성

가. 꼭 물어보고 싶었으나 주위에 관련 직종이 없어 물어보지 못했던 것들을 알아봄으로써 궁금증을 해소할 수 있다.

나. 프로그래밍을 배우면서 세부적인 진로를 결정할 때 현명한 선택을 할 수 있다.

다. 좀 더 구체적인 목적을 세울 수 있다.

3. 세부 활동 계획

가. 활동 기간 : 2015.07.17

나. 활동 인원 : 1명

다. 방문 기관 : 호남대학교

라. 인터뷰 대상 : 윤천균 교수님

4. 기대 효과

가. 궁금했던 것을 물어보고 궁금증이 해소되어 답답함이 사라질 것이다.

나. 프로그래밍을 배우는 것에 대한 방향성이 확립될 것이다.

다. 게임프로그래밍 전문가가 되고 싶단 생각에 확신을 가지게 될 것이다.

5. 활동 후 결과 보고서

가. 인터뷰 내용

Q1. 교수님은 어떻게 컴퓨터를 시작하셨나요?

A. 대학교 때 전자공학을 전공했는데, 제가 다니던 공대 자연 계열에 전산학과가 있었어요. 그때 컴퓨터 쪽에 관심이 있어서 도강을 했어요. 저희 때는 도강을 많이 했거든요. 그때는 먼저 코딩 시트를 작성하고 (그걸) 주면 구형 컴퓨터가 읽어서 작동하는 거였거든요. 옛날엔 지금처럼 프로그래밍이 쉽지가 않았고, 결과를 받아보려면 길게는 일주일씩 걸리는 그런 형태였어요. 그때 그런 과목들이 관심이 있어서 대학교 때 도강을 했습니다.

대학교 졸업하고 취업은 포항제철에 했어요. 그때 자동화 설비를 했는데, 그때도 컴퓨터에 관심이 있어서 전산실을 오가며 프로그

교수님과의 인터뷰 장면

래밍을 했어요. 그 이후에 전산부서로 옮겨서 쭉 전산 업무를 했었죠. 옛날 컴퓨터를 처음 했을 땐 다들 그런 식으로 하지 않았나 싶어요.

Q1. 프로그래밍언어를 배우는데 순서가 있을까요?

A. 모든 언어의 기본이 C라고 얘기를 해요 저희 학과에 처음 온 학생들도 C를 배우면 어려워해요. 최근에 어려워하는 학생들이 많아져서 그런 것들을 더 쉽게 가르쳐주는 교재들을 먼저 배우고 C를 배워요.

물론 열의를 가지고 있는 학생들은 잘 해요. 그렇지만 그렇지 않은 학생들도 있으니까 그런 학생들은 교재를 먼저 보고해요. C나

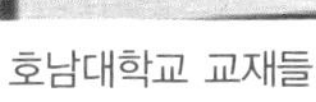

호남대학교 교재들

그런 프로그램들이 굉장히 기본적인 프로그램이면서도 지금도 많이 쓰이고 있어요.

Q1. 제가 시스템 프로그래밍과 게임프로그래밍 둘 다 관심이 많거든요. 두 가지 전부 공부해도 괜찮을까요?

A. C가 히스토리도 오래 됐고 C를 잘하면 고급 시스템 프로그래머가 될 수 있을 거예요. 또 많이 필요로 하지는 않아요. 프로그래밍 하는 분야가 몇 개 분야로 나뉠 수 있는데, C프로그래밍은 시스템을 만드는 회사에서 필요로 하고 퍼센트로 보면 10% 정도 보이고 있습니다. 다른 프로그래밍을 하면서 C를 하는 게 좋다고 봅니다.

그다음으로 네트워크 프로그래밍도 있어요. C와 네트워크 프로그래머는 굉장히 고가의 프로그래머죠. 또 학생이 관심 있는 게임 쪽 프로그래머도 있어요. 요즘은 스마트폰 게임도 네트워크를 통해서 장거리 통신을 해서 만나잖아요. 그런 경우엔 네트워크 분야가 필요한 겁니다. 이것저것 다 할 수 있으면 좋죠. 요즘엔 네트워크나 시스템 분야를 알고 있으면 아주 좋죠. 하지만 두개를 함께 겸하기엔 보통이상의 노력이 필요한 게 사실이죠.

Q1. 게임프로그래밍 이 직업이 프리랜서처럼 시간제한이 없는지,

교수님과 브이!

아니면 직장인처럼 출퇴근을 하는지 궁금합니다.

A. 직장인처럼 출퇴근을 해요. 대신 잔업이 좀 많을 순 있죠. 가령 팀에서 프로젝트를 하나 진행한다고 치면 팀원들은 할당량을 끝내고 퇴근을 하고, 학생은 할당량을 다 하지 못했다면 그때 집에 가져가서 하기도 하죠.

나. 체험활동 소감문

방학 첫 날부터 몸을 움직이는 게 보통의 힘든게 아니었지만 혼자가 아니라 든든한 선생님과 형, 누나들이 있었기에 함께 갈 수 있어서 굉장히 좋았다. 그리고 시간을 내주신 선생님에게 감사하다. 원래는 사전에 연락을 하고 가야 했지만 내 부족함으로 사전에 연락을 드리지 못하고 찾아뵙게 되었지만 흔쾌히 해 주신 교수님께 감사하다.

사실은 갑작스럽게 찾아뵙게 되어 질문지도 만들지 못한 상태였다. 그래서 그런지 질문의 내용이 많지는 않았다. 그 점이 많이 아쉬웠다. 물론 평소 궁금했던 점들은 전부 해결됐지만 질문지를 만들어 갔다면 좀 더 구체적으로 물어볼 수 있었지 않았나 싶다. 처음엔 20분 정도만 생각하고 갔었는데 막상 와보니 교수님이 친절하셔서 1시간이 넘는 시간을 인터뷰해 주셨다. 이 글을 쓰면서도 인터뷰한 내용을 전부 담을 수 없어 아쉬움이 남는다. 여러 부분에서 아쉬움이 남았던 체험이었고, 글을 쓰는 지금도 그때의 후련함은 잊히지 않는다. 영광에 살면서 쌓여 있었는데 이번 진로활동으로 답답했던 마음이 많이 풀리지 않았나 싶다.

문화생활의 꽃, 관광인을 만나다

김초희, 김진영

■ 호남대학교 관광경영학과 / 조교선생님

Q1. 호남대학교 관광경영학과는 무엇을 중점적으로 수업하나요?

A. 서비스 산업의 기본이 되는 서비스 마인드를 배양시켜 관광객을 기분 좋게 모시는 마음가짐과 태도를 배우는 것에 중점을 두고 수업합니다.

Q1. 관광경영학과는 실습과 이론 중 어떤 것을 더 중요시하나요?

A. 이론도 중요하지만, 아무리 많은 전문 지식이 있더라도 탁월한 실무 능력이 없으면 힘들기 때문에 실습을 통한 경험을 키워주는 현장 밀착형 교육을 실시하고 있습니다.

Q1. 그럼 그 현장밀착형 교육을 통해 얻을 수 있는 효과는 무엇인가요?

A. 국제교류 및 해외어학교육 등의 다양한 연계프로그램 능력 배양을 바탕으로 국제적인 매너와 감각을 갖춘 관광전문인을 양성할 수 있습니다.

Q1. 이 학과를 나오면 어떤 직업을 가질 수 있나요?

A. 관광통역사나 국외여행인솔자 같은 관광산업 관련 직업을 가질

수도 있고, 이벤트 기획사나 컨벤션센터 같은 다양한 산업체에 취직할 수도 있습니다.

Q1. 그럼 혹시 호남대학교 관광경영학과만의 특징이 있나요?

A. 관광경영학과가 호남지역에서 최초로 저희학교에 설립되었습니다. 1990년대 최초로 설립되어 25년간 수많은 관광문화인을 배출한 이 지역에서 가장 우수하고 역사가 깊은 학과입니다.

Q1. 관광경영학과를 가고 싶어 하는 학생들에게 한 말씀 부탁드립니다.

A. 관광산업의 관심 및 개발 비중은 날로 증가하고 있습니다. 관광산업에 대한 관심이 많고, 이쪽 일을 하고 싶어 하는 열정이 있는 학생이라면 미래 문화생활을 선도하는 이 학과를 오는 것이 둘도 없이 좋은 선택이라고 생각합니다.

■ 호남대학교 일본어학과 / 학과장님

Q1. 호남대학교 일본어 학과에서는 무엇을 중심으로 수업하나요?

A. 취업 특성화 대학에 걸맞는 취업을 위한 실무교육을 중심으로 수업을 진행합니다.

Q1. 그럼 실무교육을 할 때 중점을 두는 내용은 무엇인가요?

A. 학생들의 일본어 학습의욕을 고취시키고, 동시에 진로 결정 및 취업에 도움이 될 수 있는 자격증 취득에 중점을 둡니다.

Q1. 자격증취득에 중점을 둔다고 하셨는데, 그럼 자격증을 취득할

수 있는 시스템이 잘 갖추어져 있나요?

A. JPT, JLPT 등의 자격증 취득을 위한 다양한 강좌가 개설되어 있고 학기 및 방학 때 일본어 자격취득을 위한 스터디그룹을 운영하여 고득점을 취득할 수 있도록 도와줍니다.

Q1. 이 학과를 나오면 어떤 직업을 가질 수 있나요?

A. 일본계기업이나 여행사, 호텔 등에 취업할 수도 있고, 일본어교사나 학원 강사, 통번역사 같은 일을 할 수도 있습니다.

Q1. 호남대학교 일본어학과만의 특별한 교육목표나 학생들에게 주고 싶은 능력이 있나요?

A. 일본어뿐만 아니라 한국어와 한국문화와 관련된 교육을 실시하여 우리의 언어, 역사, 문화를 일본에 올바르게 소개하고 전달할 수 있는 능력을 갖추게 하고 싶습니다.

Q1. 그럼 마지막으로 일본어학과를 가고 싶어 하는 학생들에게 한 말씀 부탁드립니다.

A. 일본어학과는 일본의 역사, 문화, 세계 속에서의 일본의 정치, 경제, 한일관계에 대한 교육 등을 통해 진정한 일본전문가를 배양합니다. 일본에 대해 관심이 많고, 진심으로 학습하고자하는 열정이 있는 학생이라면 고민 말고 일본어학과를 가시기 바랍니다.

■ 사랑여행사 / 안진아실장님

Q1. 하시는 주요 업무는 무엇인가요?

A. 허니문여행이나 단체여행 등에 대한 패키지상품을 상담해 주고,

항공과 호텔예약을 하며 손님들의 편안하고 안전한 여행을 위한 인솔자 역할을 합니다.

Q1. 이 직업을 가지려면 어떤 공부를 해야 하나요?

A. 영어와 중국어 등의 필요한 외국어를 공부하고, 그 시기에 알맞은 여행상품 상담을 위해 세계 각국의 날씨, 지리 등의 기본적인 상식들을 학습하여야 합니다.

Q1. 직업에 대해 가장 만족하시는 때는 언제인가요?

A. 손님들이 저를 믿고 의지하는 모습을 보여주실 때 이 일을 더욱 열심히 해야겠다는 의지가 생기고, 상담이나 여행 후 '잘 다녀왔습니다.', '감사합니다.' 등의 감사인사를 들을 때 가장 보람을 느끼고 행복합니다.

Q1. 그럼 반대로 가장 힘든 때는 언제인가요?

A. 손님 분들 중 가끔 컴플레인을 거시는 분들이 계시는데 그럴 때마다 이 일을 너무 쉽게 무시하시는 듯한 느낌이 들어 기분이 상하고, 최선을 다했음에도 결과가 좋지 않아서 매우 속상합니다.

Q1. 이 직업을 선택한 동기는 무엇인가요?

A. 처음에는 단순한 아르바이트와 실습으로 시작한 일이었는데 여행에 관련된 업무를 보고 단기인솔을 다니다보니 이 일에 점점 흥미가 생기고 적성에 맞는 것 같다는 생각이 들어 선택하게 되었습니다.

Q1. 마지막으로 이 직업을 희망하는 학생들에게 한 말씀 부탁드립니다.

A. 일단 열정을 가지고 부딪치고 도전하려는 의지를 갖는 것이 중요하다는 말을 해주고 싶습니다. 이 일을 하고 싶어 하는 의지가 있는 학생이라면 어학을 중심으로 미리 준비하고 그 외에 필요한 개인관리를 철저히 할 수 있을 것입니다. 이 직업을 희망하는 모든 학생들을 응원합니다!

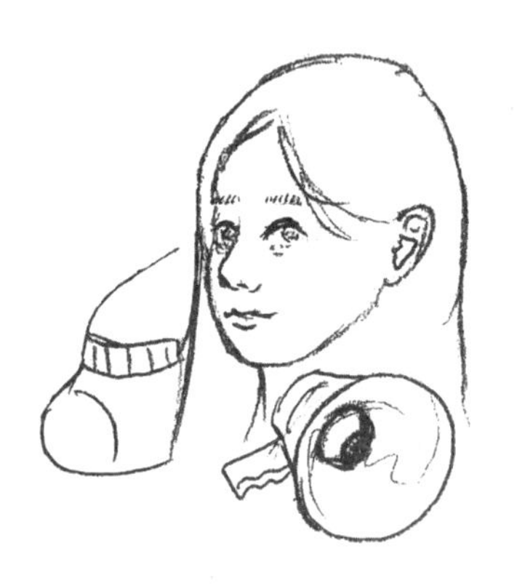

청소년의 과시소비성향과 수입명품 및 유명브랜드 의류제품에 대한 구매행동

– 영광고를 중심으로

영광고등학교 인문계열
3304 김지수
3309 안주리

| 차례 |

Ⅰ. 서론

우리나라는 급격한 경제성장으로 인한 소득 수준의 향상, 유통개방화 등으로 인해 사람들의 욕구수준이 상승되고 재화와 용역의 소비를 통하여 자신의 지위나 경제력을 과시하려는 즉 제 3자의 평가나 반응이 구매의사 결정의 주요 원인이 되는 과시소비가 중요한 사회문제로 되었다. 과시소비라 함은 예전엔 선진국이나 고위계층의 전유물이었으나 최근 이러한 과시소비의 문제는 사회 전 계층에 만연되어 있는 사회문제 중 하나가 되었으며 청소년도 예외는 아니라고 하겠다.

청소년기는 소비자 사회화가 가장 활발하게 이루어지는 시기이므로 이 시기의 정상적인 소비자 역할 학습의 결과는 성인기까지 이어진다는 점에서 청소년의 바람직한 소비자행동은 특히 중요한 의미를 가지게 된다.[1] 더욱이 사회가 물질적으로 풍요로워지고 자녀수가 감소하면서 청소년들의 자유재량 소비액이 증가하고 부모로부터 독립하여 독자적인 소비자행동을 하는 새로운 소비자(New Consumer)로 등장하였다. 이는 청소년들의 소비자역할이 과거에 비해 중요해졌음을 의미한다. 이처럼 청소년 소비자들에게 구매기회와 상품선택의 폭이 넓어진 반면에 소비생활에 관한 지식이나 경험은 아직 부족하여 동료집단의 영향을 많이 받아 충동적 구매나 과시소비(Conspicuous Consumption) 등의 소비생활을 하기 쉬우며, 유행에 민감하고 광고에 현혹되기 쉬워 건전한 소비행위를 하기가 어렵다. 또한 기성세대들의 절제 없는 생활이나 낭비가 그대로 청소년들에게 전달되고 답습되고 있으며, 사회 전반에 만연한 소비성

1) 석봉화, 청소년 소비자의 물질적인 가치와 소비 지향적 태도가 과시소비성향에 미치는 영향, 울산대학교 교육대학원 석사학위논문, 1997, p.2.

향과 사치풍조가 정서적으로 불안정하고 변화에 민감한 청소년들에게 물질주의적 자극을 줌으로써 사회 일탈행동의 유발을 촉진시키고 있다.[2)]

청소년 소비자들의 과시소비가 문제점으로 지적되는 중요한 이유는 청소년기에 경험하는 소비생활 태도가 성인이 되면서 형성되는 소비행동 유형과 미래의 건전한 소비자로 성장해 나아가는데 지속적으로 영향을 미치게 될 뿐만 아니라 타인에게 보이기 위한 소비, 주위 사람들의 시선을 끌기 위한 소비, 그리고 다른 사람들로부터 인정받기 위한 소비를 반복하게 되면 자신도 모르는 사이에 과시소비 행위가 습관화되어 바르지 못한 소비생활 즉 소비중독, 구매중독을 일으킬 수도 있기 때문이다. 최근에 와서 자신의 지위나 부를 과시하기 위하여 제품을 소유하고 소비하는 청소년 수가 증가하고 시간이 지남에 따라 과시품 수준도 변화됨에 따라 청소년의 과시소비에 대한 지속적인 연구가 필요하다.

본 연구에서는 새로운 주력 소비계층으로 등장한 청소년 소비자들이 주로 구매하는 의류, 신발, 가방, 지갑에 한정하여 그들의 과시소비성향 정도를 분석하고 인구 통계적 특성에 따라 과시소비성향, 구매행동에 어떠한 영향을 미치는지에 대해 살펴봄으로써 청소년들의 합리적인 소비문화를 정립하고 더 나아가 청소년 소비자교육 프로그램을 위한 기초자료로 제공하는데 연구의 의의를 찾고자 한다.

2) 이지혜, 청소년 소비자의 과시소비성향에 관한 연구 : 제주시 중·고등학생을 중 심으로, 제주대학교 교육대학원 석사학위논문 1997, p.2.

1. 연구방법

1) 연구문제

인구 통계적 특성(성별, 한 달 용돈)에 따른 과시소비성향을 알아본다.
인구 통계적 특성에 따른 구매행동을 알아본다.

2) 연구모형

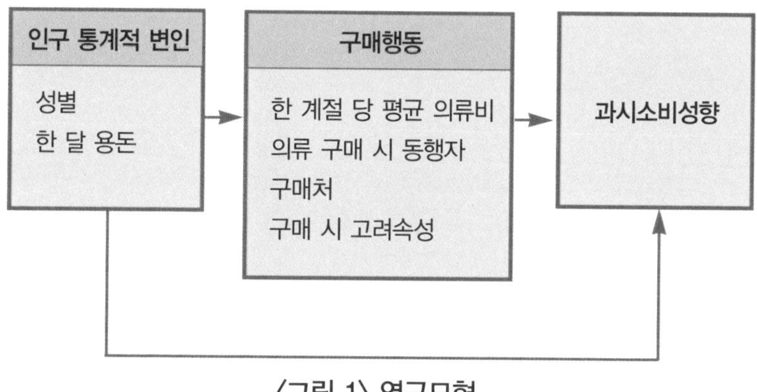

〈그림 1〉 연구모형

3) 조사도구

① 조사도구의 구성

본 연구에 조사도구로 사용된 설문지의 문항은 크게 과시소비성향에 관한 문항, 수입명품 및 유명브랜드의 의복 구매행동에 관한 문항, 인구 통계적 특성에 관한 문항으로 구성되었다. 각 문항은 5점 리커트(Likert)형 척도로써 측정되었으며 '전혀 그렇지 않다' 에 1점을 부여하고, '매우 그렇다' 에 5점을 부여하여 높은 점수일수록 각 문항에 대한 성향이 강한 것을 의미한다. 〈표1〉

〈표1〉 설문지의 구성

유형	문항명	문항수
Ⅰ. 과시소비성향	유명상표 선호 타인인정 지향성 유행추구성	7 4 6
Ⅱ. 수입명품 및 유명 브랜드 의류제품 구매행동	한 계절 당 평균 의류비 의류 구매 시 동행자 구매처 제품 구매 시 고려속성	1 1 1 1
Ⅲ. 인구 통계적 특성	성별 한 달 용돈	1 1

2. 론적 배경

1) 청소년기의 특성

청소년기는 아동에서 성인으로 이행하는 과도기로서 인간의 발달에 있어 결정적인 시기이며, 사회적 성장의 비상시기로서 사회참여에 필요한 가치, 태도, 기능을 개발해 나가는 성장과정이다. 또한 성인 세대가 지니고 있는 독특한 가치규범, 생활양식, 사고의 유행들을 내면화하고 그것을 다음 세대에 전달하는 교량적 역할을 하기도 한다.[3)]

모쉬스(Moschis)[4)]에 의하면 청소년기는 사회적 성장의 시기로 사회 참여에 필요한 가치, 태도, 기능을 개발해 나가는 성장과정이고 급격한 신체적, 생리적 변화로 말미암아 정서적으로 매우 불안정하고 변화가

3) 이기춘. 소비자능력개발을 위한 소비자교육에 관한 연구-청소년소비자를 중심으로-,서울대 대학원 박사학위 논문, 1985, p.70.

4) G. P. Moschis. Shopping orientation and consumer uses of information Journal of Retailing, 52, Summer, 1978, p.61~70.

심하며 경험의 미숙으로 인한 과도적 특성을 보이는 시기이며 급격히 변화하는 사회구조 및 제도 등과 어울려 전통적 가치관과 새로운 가치관 사이의 혼미 등은 현대 청소년들로 하여금 그들의 위치와 역할에 대하여 심한 갈등을 야기한다고 하였다.

이상희[5]에 의하면 청소년기는 아동기의 자아 중심적인 사고에서 완전히 벗어나지 못하고 이성에 대한 관심이 증가하여 이성에게 좀 더 매력적으로 보이기를 원하며, 자신의 외모나 행동에 관해 관심이 많아지는 시기이다. 그리고 다른 사람들도 자신과 같은 정도로 자신의 외모나 행동을 인지한다고 느낀다. 때문에 이 시기에는 눈에 보이거나 직접 느낄 수 있는 의복, 신체적 외모, 혹은 매너로써 집단으로부터 인정을 받으려 하는 시기라고 하였다.

2) 청소년 소비자의 개념

청소년 소비자(Adolescent Consumer)란 연령 또는 생활 주기를 중심으로 분류된 소비자 유형의 하나이다. 청소년 소비자는 페터맨(Fetterman)과 클램킨(Klamkin)[6]에 의하면 10대 소비자(Teen-age Consumer)이고, 레이놀드(Reynold)와 웰스(Wells)[7]에 의하면 아동기와 성년기 사이의 청소년기에 속하며 이는 심리적 발달단계로 볼 때는 사춘기를 기점으로 하여 그 이후 약 10년을 포함하는 시기로 대략 12~22세의 연령층을 일컫는다.

이기춘[8]의 연구에서 청소년소비자는 소비자 발달단계에서 아동소비자와 성인 소비자의 중간에 위치하며, 이들과 구별되는 생활양식과 소

5) 이상희, 남녀고등학생의 교복만족도, 의복관심도, 자아개념에 관한연구, 한국의 류학회지, 21(2), 1997, p.384-385.

6) Elsie. Fetterman, & Charles. Klamkin, Consumer Education in Practice, New York : John Wily & Sons, Inc, 1976, p.2~3.; 이지혜, 윗 글, p.6에서 재인용.

7) Fred D. Reynold. & William D. Wells, Consumer Behavior, New York : Mc-Graw-Hill Book Company, 1977,; 이지혜, 윗 글, p.6에서 재인용.

8) 이기춘, 소비자능력개발을 위한 소비자교육에 관한 연구-청소년소비자를 중심으로 서울대학교 박사학위논문, 1985, p.10.

비특성을 갖는 소비자이다. 청소년기는 신체적·심리적으로 급격히 변화하는 시기로서 연령이 증가함에 따라 신체적으로는 성인과 비슷해가지만 심리적 발달은 경험의 부족으로 이에 미치지 못하여 불균형을 초래한다. 이와 같은 특징들이 소비자행동에도 반영되어 미숙하고 충동적이며 비합리적인 소비자행동을 하기 쉽다고 하였다

3) 과시소비성향

과시소비란 다른 사람에게 보이기 위한 모든 소비를 지칭하는 것으로서 결국 과시소비 행동은 인간이 사회를 이루면서부터 있어 온 현상이라고 할 수 있다.

과시소비의 개념이 정립되고 이론적으로 설명되어진 것은 19C말 베블린(Veblen) 이후로부터라고 볼 수 있다. 베블린은 저서 〈The Theory of the Leisure Class(유한계급론)〉에서 과시소비란 자신의 지위나 부를 과시하기 위하여 생존에 필요한 실질적 수준 이상의 소비를 함으로서 남의 시선을 끄는 경제적 행동으로, 단순히 개인의 명성을 얻기 위한 목적보다는 금전력을 과시하기 위한 목적으로 많은 규모의 재화와 용역을 소비하는 것으로 정의했다.[9] 즉 이러한 과시소비의 근본목적은 부의 전시를 통하여 자신의 지위와 위신을 나타내고자 하는 것이다.

결과에 따르면 우리나라에서의 의복의 과시적 소비는 사회의 계층화로 나타나는 현상일 뿐 아니라 상위계층은 다른 계층과의 구별을 위하여, 중산층은 상위계층을 모방하고자 하는 열망에서, 그리고 하위계층은 저렴한 모조품을 구매해서라도 상류층, 중류층에 동조하려는 의도에서 각 계층 나름대로의 구매행동을 통해 과시적 소비현상이 보편적으로 나타나고 있다고 하였다.

9) T. Veblen, The Theory of the Leisure Class, New York: Pennguin Books, 1899,;
대학교 교육대학원 석사학위논문, 1997, p.14.

4) 구매행동

의복구매행동이란 소비자가 사회 문화적인 환경요인과 개인적인 욕구 등의 동기에 따라 필요로 하는 의류제품을 지각하고 정보를 탐색한 후 제품을 평가 선택하는 과정을 거쳐 상품을 구매하는 것이다.[10]

구매행동을 포함한 소비자행동은 소비행동 뿐 아니라 의사결정과정까지 포함하는 광범위한 것이며, 의복구매행동 역시 일반적 소비자행동과 마찬가지로 가시적인 신체적 행동 뿐 아니라 정신적 과정까지 포함되므로 상호작용하는 많은 변수들의 영향을 받는다.[11]

10) 금실, 사회 계층변인에 따른 여성의 의복태도와 구매행동에 관한 연구, 연세 대학교 석사학위논문, 1992,; 이은아, 주관적 연령에 따른 의복구매행동에 관한 연구, 경희대학교 대학원 석사학위논문, 2000, p.16에서 재인용

11) 임경복, 라이프 스타일에 따른 의복구매행동에 관한 연구, 이화여자대학교 대학원 석사학위논문, 1991, p.14

Ⅱ. 본론

1. 조사 대상자의 인구 통계적 특성

본 연구의 조사 대상자의 인구 통계적 특성을 살펴보면 총 유효 응답자 70명 중에서 남자는 40명(57%)이며, 여자는 30명(43%)으로 나타났으며〈표2〉, 한 달 용돈의 분포는 30%가 3~6만 원 정도의 용돈을 받는 것으로 나타났으며 9~12만 원 분포도 18%로 나타났다. 6~9만 원은 13%, 12~15만 원은 14%, 그 외에 3만 원 미만의 용돈을 받는 경우가 14%, 15만 원 이상이 10%로 비교적 높게 나타났다.

〈표2〉 조사 대상자의 인구 통계적 특성

변수		빈도	백분율
성별	남자	40	57.14
	여자	30	42.85
한 달 용돈			
	3만 원 미만	10	14.28
	3~6만 원 미만	21	30
	6~9만 원 미만	9	12.85
	9~12만 원 미만	13	18.57
	12~15만 원 미만	10	14.28
	15만 원 이상	7	10

2. 인구 통계적 특성에 따른 과시소비성향

1) 성별

각 과시소비성향에 대해 남녀 간에 차이가 있는지 알아본 결과 남녀 간에 유의한 차이가 나타났는데〈표3〉, 남학생이 여학생보다 유명브랜드 선호 및 유행추구에 대한 과시소비성향과 타인 지향이 높음을 알 수 있었다. 이는 석봉화의 남학생이 여학생보다 과시소비성향이 높다는 선행연구와 부분적으로 일치한다.

〈표3〉 성별에 따른 과시소비성향

과시소비성향요인	성 별	
	남학생	여학생
유명브랜드선호 및 유행추구	1357	1022
타인지향	462	360

3. 인구 통계적 특성에 따른 수입명품 및 유명브랜드 의류제품 구매행동

1) 한 계절 당 평균 의류비

한 계절 당 평균 의류비에 대해서 알아본 결과 전체응답자 중 한 계절 당 평균 의류비가 5~10만 원 미만이 34%, 10~15만 원 미만이 21%의 순으로 많으며 2만 원 미만은 10%로 가장 낮게 나타났다. 교복을 입는 고등학생들임에도 불구하고 한 계절 당 평균 의류비가 10만 원 이상인 경우가 36%에 가까울 정도로 비교적 높게 나타났다〈표4〉.

인구 통계적 특성에 따라 한 계절 당 평균 의류비에 대해 유의한 차이가 있는지 알아본 결과 모든 인구 통계적 특성에 대해서 유의한 차이가 나타났다.

(1) 성별

한 계절 당 평균 의류 비에 대하여 남녀 간의 차이를 살펴보면 한 계절 당 평균 의류비가 5만 원 미만은 여학생이 37%로 남학생의 25%보다 유의하게 높게 나타났으며, 5만 원 이상을 한 계절당 평균 의류비로 지출하는 경우 남학생이 67.5%로 여학생의 63.6%보다 높게 나타남을 알 수 있었다〈표4〉. 남녀 모두 한 계절 당 평균 의류비가 5~10만 원인 경우 각각 37.5%, 30%로 가장 높게 나타났다.

〈표4〉 성별에 따른 한 계절 당 평균 의류비

한 계절 당 평균 의류비	성별		전체
	남학생	여학생	
2만 원 미만	2 (5%)	5 (17%)	7 (10%)
2~5만 원	8 (20%)	6 (20%)	14 (20%)
5~10만 원	15 (37.5%)	9 (30%)	24 (34.2%)
10~15만 원	7 (10%)	8 (27%)	15 (21.4%)
15만 원 이상	8 (20%)	2 (6.6%)	10 (14.2%)
전체	40	30	70

(2) 한 달 용돈

한 계절 당 평균 의류 비에 대하여 한 달 용돈 수준 간에 차이를 살펴보면〈표5〉, 한 계절 당 평균 의류비가 2만 원 미만은 9.6%로 한 달 용돈이 3~6만 원 미만인 집단에서 가장 높게 나타났고 한 계절 당 평균 의류비가 2~5만 원 미만은 17.8%로 한 달 용돈이 3~6만 원인 집단에서 가장 높게 나타났다. 한 계절 당 평균 의류비가 5~10만 원 미만은 한 달 용돈이 3~6만 원 미만인 집단 뿐 아니라 모든 집단에서도 비교적 높은 비율을 보였다. 한 계절 당 평균 의류비가 10~15만 원 미만은 한 달 용돈이 9~12만 원 미만, 12~15만 원 미만인 집단이 각각 53.3%, 26.6%의 순으로 높았으며 마지막으로 한 계절 당 평균 의류비가 15만 원 이상은 한 달 용돈이 15만 원 이상인 집단이 50%로 가장 높게 나타났다. 즉 한 달 용돈이 많을 수록 한 계절 당 평균 의류비가 높음을 알 수 있다.

〈표5〉 한 달 용돈에 따른 한 계절 당 평균 의류비

한계절당 평균 의류비	한 달 용돈						전체
	2만 원 미만	3~6만 원 미만	6~9만 원 미만	9~12만 원 미만	12~15만 원 미만	15만 원 이상	
2만 원 미만	1 (11%)	3 (13.6%)	–	1 (5.26%)	–	–	7 (9.6%)
2~5만 원 미만	1 (11%)	9 (40.9%)	1 (11%)	1 (5.26%)	–	1 (14.2%)	13 (17.8%)
5~10만 원 미만	6 (67%)	8 (36.3%)	4 (44.4%)	6 (31.5%)	–	1 (14.2%)	24 (32.9%)
10~15만 원 미만	1 (11%)	1 (4.5%)	3 (33.3%)	8 (42.1%)	4 (100%)	–	15 (20.5%)
15만 원 이상	–	1 (4.5%)	1 (11%)	3 (15.7%)	–	5 (71.4%)	10 (13.7%)
전체	12 (100%)	22 (100%)	9 (100%)	19 (100%)	4 (100%)	7 (100%)	73 (100%)

2) 의류 구매 시 동행자

의류 구매 시 동행자에 대해서 알아본 결과 전체응답자 중 친구가 40%, 혼자서가 24.3%의 순으로 높았으며, 기타를 제외한 뒤 의류 구매 시 동행자로서 부모님이 13.3%로 가장 낮게 나타났다. 즉 고등학생들 대부분이 의류구매 동행자가 친구 또는 혼자임을 을 알 수 있다.

인구 통계적 특성에 따라 의류 구매 시 동행자에 대해 유의한 차이가 있는지 알아본 결과 성별에 대해서만 유의한 차이가 나타났다.

(1) 성별

의류 구매 시 동행자에 대하여 남녀 간의 차이를 살펴보면 남학생의 경우 여학생에 비해 의류 구매 시 동행자가 친구, 부모님인 경우 각각 42.5%, 20%로 높게 나타났으며, 여학생의 경우 형제와 혼자 가는 것에 대해서 각각 23.3%, 26.6%로 남학생보다 높게 나타났다〈표6〉. 즉 쇼핑할 때 남학생은 친구와 주로 다니며 여학생은 친구와 함께 또는 혼자 쇼핑하는 경향이 높음을 알 수 있다.

〈표6〉 성별에 따른 의류 구매 시 동행자

의류 구매 시 동행자	성별		합계
	남학생	여학생	
친구	17 (42.5%)	11 (36.6%)	28 (40%)
부모님	8 (20%)	4 (13.3%)	12 (17.1%)
형제	3 (7.5%)	7 (23.3%)	10 (14.3%)
혼자서	9 (22.5%)	8 (26.6%)	17 (24.3%)
기타	3 (7.5%)	1 (3.3%)	4 (5.7%)
합계	40 (100%)	30 (100%)	70 (100%)

3) 수입명품 및 유명브랜드 의류제품 구매 장소

수입명품 및 유명브랜드 의류제품 구매 장소에 대해 알아본 결과 전체응답자 중 인터넷 이용률이 가장 높고 그 다음으로 백화점에 있지 않은 독립된 매장이 높게 나타났으며, 백화점의 이용률은 가장 낮은 것으로 나타났다. 인구 통계적 특성에 따라 수입명품 및 유명브랜드 의류제품 구매 장소에 대해 유의한 차이가 있는지 알아본 결과 모든 인구 통계적 특성에 대해서 유의한 차이가 나타났다.

(1) 성별

수입명품 및 유명브랜드 의류제품 구매 장소에 대해 성별에 따라 유의한 차이가 있는지 알아본 결과 모든 장소에서 남녀 간 유의한 차이를 보였다〈표7〉. 남녀 간의 차이를 살펴보면 백화점의 이용률은 남학생이 여학생에 비해 높은 반면 인터넷 이용률은 여학생보다 낮게 나타났다.

〈표7〉 성별에 따른 수입명품 및 유명브랜드 의류제품 구매 장소

구매 장소	성별	
	남학생	여학생
백화점	112	87
독립매장	125	96
인터넷	152	126

(2) 한 달 용돈

수입명품 및 유명브랜드 의류제품 구매 장소에 대해 한 달 용돈 수준 간 유의한 차이가 있는지 알아본 결과 모든 집단 간 유의한 차이를 보였다〈표8〉. 한 달 용돈수준간의 차이를 살펴보면 의류제품 구매 시 백화점 이용률은 한 달 용돈이 3~6만 원 미만집단이 12~15만 원 미만집단보다 유의하게 높은 이용률을 보였다. 인터넷의 이용률에서는 한 달 용돈이 3~6만 원 미만집단이 12~15만 원 미만인 집단에 비해 유의하게 높게 나타났으며 한 달 용돈이 3만 원 미만인 집단과 6~9만 원 미만 집단 사이에도 유의한 차이를 보였다.

〈표8〉 한 달 용돈에 따른 수입명품 및 유명브랜드 의류제품 구매 장소

구매 장소	한 달 용돈					
	3만 원 미만	3~6만 원 미만	6~9만 원 미만	9~12만 원 미만	12~15만 원 미만	15만 원 이상
백화점	87	87	87	87	87	87
독립매장	96	96	96	96	96	96
인터넷	126	126	126	126	126	126

4) 의류제품 구매 시 고려속성

의류제품 구매 시 고려속성에 대해 알아본 결과 디자인, 색상·무늬, 품질, 가격의 순으로 중요하게 고려하는 것으로 나타난 반면 세탁 보관의 편이성은 가장 적게 고려하는 요인으로 나타났다.

(1) 성별

의류제품 구매 시 고려속성에 대해 성별에 따라 유의한 차이가 있는지 알아본 결과 상표의 인지도(유명도), 유행성, 타인지향, 구매 후 서비스에 대해서만 남녀 간에 유의한 차이가 나타났다〈표9〉. 남녀 간의 차이를 살펴보면 디자인과 색상·무늬는 여학생이 남학생에 비해 의류제품 구매 시 더 중요하게 고려하며, 상표의 인지도와 유행성은 남학생이 여학생에 비해 더 중요하게 고려하는 것으로 나타났다.

〈표9〉 성별에 따른 의류제품 구매 시 고려속성

고려 속성	성별	
	남학생	여학생
디자인	122	146
색상, 무늬	121	147
품질	150	116
상표의 인지도(유명도)	152	98
착용감	144	112
유행성	121	98
가격(경제성)	154	111
세탁, 보관의 편이성	123	84
타인지향(타인의 호감)	134	93
구매 후 서비스	120	86

Ⅲ. 결론

본 연구는 주력 소비자계층으로 새롭게 떠오른 청소년들을 대상으로 그들의 과시소비성향과 수입명품 및 유명브랜드에 대한 구매태도, 구매행동을 살펴봄으로써 청소년들이 합리적인 소비문화를 정립하고 더 나아가 청소년 소비자교육 프로그램을 위한 기초자료로 제공하는데 기여하고자 하였으며, 연구의 결과를 요약하면 다음과 같다.

1. 인구 통계적 특성에 따라 과시소비성향에 대해 살펴본 결과 한 달 용돈이 많을수록 유명브랜드선호 및 유행추구에 과시소비성향을 보였다. 남학생일수록 고가·외제품선호 과시소비성향이 보였다.

2. 의류 구매행동에 대해서는 용돈이 많을수록 수입명품 및 유명브랜드 의류제품 의복비 지출이 많고, 구매 장소로 백화점과 인터넷의 이용률이 다른 집단에 비해 높았다. 의류 구매 시 고려속성으로는 여학생은 디자인, 색상·무늬를 중요하게 고려하였으며, 남학생일수록 상표의 인지도, 유행성을 다른 집단에 비해 중요하게 고려하는 것으로 나타났다.

위의 연구결과를 토대로 다음과 같이 결론을 내릴 수 있다.

1. 청소년의 소비성향유형간의 분류를 통해 알아본 결과 70% 정도가 타인을 의식하거나 유명브랜드를 선호하는 과시소비성향이 높고 수입명품 및 유명브랜드에 대한 구매태도가 우호적이었다. 이는

청소년들이 유명브랜드나 값비싼 물건의 소비를 통해 과시하려는 잘못된 소비가치관인 것으로 사료되어 올바른 소비가치관을 형성시킬 수 있는 체계적인 소비자교육이 필요하다는 점을 시사하고 있다.

2. 청소년들의 과시소비를 부추기는 원인 중에 하나는 환경적인 요인으로 나타났는데 용돈이 많은 집단에서 과시소비성향이 강하며 수입명품 및 유명브랜드에 대한 구매태도가 우호적이었다. 이는 경제적으로 부유한 여건에 있는 학생들이 과시소비생활을 하는 부모님으로부터 많은 영향을 받았기 때문이라고 사료되며 이는 학교뿐 아니라 가정에서의 실제 소비생활이 중요하며 학교와 가정을 연계하여 소비자교육을 해야 함을 시사한다.

3. 본 연구에서 고등학생을 연구대상으로 선정하였으나 연구 결과를 통해 고등학생의 경우 이미 과시적 소비성향이 높음을 알 수 있었다. 이는 소비자교육이 소비가치관이 확립되기 이전 즉 고등학생 연령 이전부터 실시되어야 함을 시사한다.

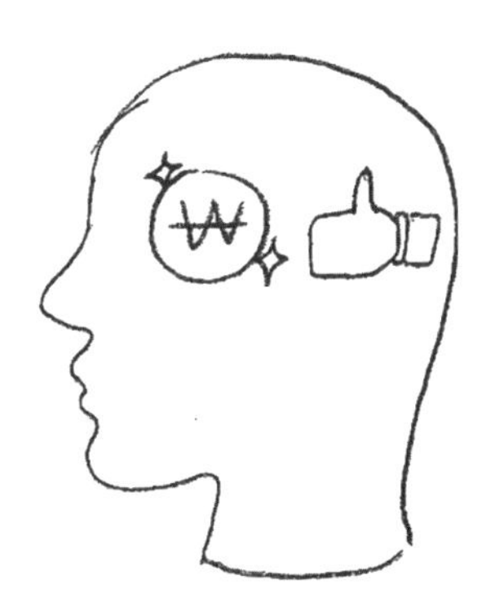

참고문헌

- 고순례, 청소년의 유명상표 선호도에 관한 연구, 숙명여자대학교 교육대학원 석사학위논문, 1988.
- 김문희, 청소년 소비자의 과시소비에 관한 연구, 목포대학교 대학원 석사학위논문, 1996.
- 김선희, 여고생의 지속적 의복정보 탐색정도에 따른 의복선택기준과 구매태도, 경희대학교 교육대학원 석사학위논문, 2002 김성환, 우리나라 청소년의 구매의사결정에 관한 실증적 연구 : 국산상표 및 외 국상표 스포츠화와의 비교를 중심으로, 경희대학교 대학원 석사학위논 문, 1993.
- 김유성, 우리나라 소비자의 외국제품 선호도에 관한 연구, 연세대학교 대학원 석사학위논문, 1996.
- 김지영, 청소년의 과시소비에 관한 일 연구 : 고등학생을 중심으로, 이화여자대학교 대학원 석사학위논문, 1998.
- 김태연, 수입브랜드 정장의류 구매경험 유무에 따른 여성소비자의 구매행동 비교, 경희대학교 대학원 석사학위논문, 1995.
- 김태은, 주부의 과시소비 성향과 영향요인에 관한 연구, 숙명여자대학교 대학원 석사학위논문, 1997.
- 김화신, 한국소비자들의 상표 선호도에 따른 실증적 연구, 경희대학교 대학원 석사학위논문, 1995.
- 김흥복, 청소년의 과시소비성향에 관한 연구, 공주대학교 교육대학원 석사학위논문, 2001.
- 남윤자·김인숙, 한국 노인여성들의 의복 구매행동과 의복불만, 복식문화연구, 6(4), 1998, p.766-778.

| 부록 – 설문지 |

다음은 귀하께서 의류를 구입하실 때 고려하시는 사항에 대한 내용입니다. 귀하의 생각과 가장 가깝다고 생각되는 응답에 표시하여 주시기 바랍니다.

문 항	매우 그렇다	대체로 그렇다	보통이다	거의 그렇지 그렇다	전혀 그렇지 않다
옷을 구매할 때는 친구들의 의견을 듣는 편이다.					
옷차림에 따라 대우가 달라지므로 좋은 옷을 입는 것은 중요하다.					
남이 인정해 줄만큼 좋은 상표의 비싼 옷을 입었으면 할 때가 있다.					
좋은 상표의 옷에는 상표나 심벌마크가 잘 보이는 것이 좋다.					
제품을 선택할 때, 유행하는지 아닌지를 따지는 편이다.					
새로 유행하는 제품은 남보다 먼저 구입하고 싶다.					
지금 유행하고 있는 옷을 입고 있으면 왠지 기분이 좋아지거나 우쭐해진다.					
우리집 형편에 비해 구입하기 어려운 고급스럽고 비싼 옷을 무리해서라도 구입할 때가 있다.					
비슷한 가격이라도 수입의류제품(유럽, 미국, 일본 제품)이 국내의류제품보다 더 좋아보인다.					
만약 유명상표제품을 구입할 여유가 없다면 가짜 유명상표제품이라도 구입한다.					
그때그때 유행하는 스타일이나 인기있는 상표의 옷을 구입한다.					
구입한 지 얼마 되지 않는 옷이라도 유행이 지난 스타일의 옷은 입고 싶지 않다.					
유행하는 제품을 같은 종류별로 두 개 이상 구입한 적이 있다.					
옷을 선택할 때 상표명에는 그다지 신경쓰지 않는다.					
성인이 되면, 마음에 드는 명품을 구입하고 싶다.					
내가 입고 있는 제품의 상표는 친구들이 좋다고 한 것이다.					
친구들은 자신이 산 옷에 대해 내가 어떻게 생각하는지 의견을 물어본다.					

※ 다음은 연구 자료로서 응답자의 특성에 관한 것입니다. 문항들을 보시고 해당되는 항목에 빠짐없이 ∨표시해 주십시오.

1. 학생의 성별은?

① 남 ○○○ ② 여 ○○○

2. 학생의 한 달 평균 용돈은? (차비, 책값, 학용품비 제외)

① 3만 원 미만 ⑤ 12만 원 ~ 15만 원 미만

② 3만 원 ~ 6만 원 미만 ⑥ 15만 원 이상

③ 6만 원 ~ 9만 원 미만

④ 9만 원 ~ 12만 원 미만

3. 한 계절 당 평균 의복비는 어느 정도 지출하십니까?

① 2만 원 미만 ② 2~5만 원 미만 ③ 5~10만 원 미만

④ 10~15만 원 미만 ⑤ 15만 원 이상

4. 의류를 구매하러 갈 때 주로 동행하는 사람은 누구입니까?

① 친구 ② 부모님 ③ 형제 ④ 혼자서 ⑤ 기타(○○○)

5. 의류를 구매하는 장소의 빈도에 ∨표를 해 주십시오.

	전혀 구매하지 않는다	별로 구매하지 않는다	보통이다	가끔 구매한다	자주 구매한다
1. 백화점					
2. 백화점에 있지 않은 독립된 매장					
3. 인터넷					

6. 의류제품을 구매할 때 고려하는 요인의 정도에 각각 V표를 해 주십시오.

고려속성	전혀 구매하지 않는다	중요하지 않다	그저 그렇다	중요하다	매우 중요하다
1. 디자인					
2. 색상 · 무늬					
3. 품질					
4. 상표의 인지도(유명도)					
5. 착용감					
6. 유행성					
7. 가격(경제성)					
8. 세탁, 보관의 편이성					
9. 타인지향(타인의 호감)					
10. 구매 후 서비스